KB196445

걷는사람 시인선 100호 기념 시집

시 읽는 일이 봄날의 자랑이 될 때까지

김해자 외

시 읽는 일이 봄날의 자랑이 될 때까지

차례

1부 삽사리문고 읽다 까무룩 잠들면

발문

　―송진권(시인)

* 이 시집은 걷는사람 시인선 1~99까지 함께해 온 시인들의

시집에서 각 1편을 엄선하여 담았습니다.

1부
삽사리문고 읽다 까무룩 잠들면

백수도 참 할 일이 많다

도리깨질하는 앞에 서서 고개만 까딱거려도
수월하다는 앞집 임영자 씨 말 듣고
저쪽에서 하나 넘기고 이쪽에서 하나 제치고
둘이 하면 힘든지도 모르고 잘 넘어간다는
아랫집 맹대열 씨 말 듣고
쌀방아 보리방아 매기미질도
둘이서 셋이서 하면 재미나대서
콩 튀듯 팥 튀듯 바쁜 양승분 씨 밭에 가서
가만히 서 있다
콩 터는 옆에 앉아 껍데기 골라냈다
사방팔방 날아다니는 콩알을 줍기도 했다
심지도 않은 땅콩 한 소쿠리 얻었다
백수도 참 할 일이 많다

막북漠北에 가서

송주성

  민들레도, 쉬어 갈 나무 그늘, 이정표 삼을 봉우리 하
나 허락되지 않은
  가도 가도 눈보라 치는 겨울 들판 밖이 없는 고비를
지나며
  살아 있는 것이라곤 길 잃은 어린 양 한 마리를 보았
을 뿐이었는데
  어린 양은 휘날리는 눈 속에 우두커니 서서
  발뒤꿈치로 얼어 가는 제 추억을 밟고 서서
  홀로된 목숨에 열중해 있었지만
  막다른 곳이란 사방팔방이 트인 채 아무도 없는 곳
  양을 스쳐 지나가는 차창으로 우리는
  내년 봄이 오면 싸늘히 주검으로 그 자리에 얼어 있을
  양의 미래를 생각하면서 희한하게도 우리 자신을 떠
올렸던 것이다.
  들쥐들이 독수리로부터 몸 숨길 주먹만 한 돌덩이 하
나 없어서 슬픈
  지평선 말고는 아무것도 가로막는 것이 없어서 슬픈
  아무 데로나 걸어가면 길이었지만

길은 늘 발끝에서 어린 양처럼 멈춰 서곤 했고

그래서 양이 잃어버린 것은 길이 아니라 동행들이라
는 것을 생각하며

우리는 사이가 너무 멀어서 슬픈 대지를 바라보며 술
을 찾았던 것이다.

차창 뒤로 흙먼지 너머로 양은 작아져 먼 시간 속으
로 사라져 가고

우리는 작년에 잃어버린 그리움이라도 찾아야겠다
는 듯

맘 구석을 들쑤셔 낭자한 막북의 황혼을 내달렸던 것
인데

밤늦게 도착한 숙소 밤하늘에 무수히 빛나는 눈동자

어느새 어린 양은 먼저 숙소에 도착해

우리를 기다리고 있었던 것이다.

소 꿈

송진권

소가 나를 찾아온 밤엔
마음이 들썩여 잠을 잘 수가 없네
뿔에 칡꽃이며 참나리 원추리까지 꽂은 소가
나를 찾아온 밤엔
자귀나무처럼 이파리 오므리고
호박꽃처럼 문 닫고 잘 수가 없네

아이구 그래도 제집이라고 찾아왔구나
엄마는 부엌에서 나와 소를 어루만지고
아버지는 말없이 싸리비로 소 잔등을 쓰다듬다가
콩깍지며 등겨 듬뿍 넣고 쇠죽을 끓이시지

소가 우리 집을 찾아온 밤에는
밤새 외양간에 불이 켜지고
마당도 대낮같이 환하게 밝혀지고
그래도 제집이라고 찾아왔는데 하룻밤 재워 보내야
한다고
얼렁 그 집에 소 여기 왔다고 소리 하라고 기별 보내고

윗말 점보네 집에 판 소가 제집 찾아온 밤엔
죽은 어머니 아버지까지 모시고
소가 나를 찾아온 밤엔
마음이 호랑나비 가득 얹은 산초나무같이
흔들려서 잘 수가 없네
잉어를 잡아다 넣어 둔 항아리처럼
일렁거려 잘 수가 없네

지구에서 십 년 살아 보니

현택훈

　바늘귀가 들은 건 호롱불 흔들리는 이야기였지 바느질로 기운 겨울 밤하늘은 스무고개를 하며 찾아가는 길이었지 우수리에서 불어오는 북동풍, 그 차가운 목소리가 귀밑에 입을 맞췄어 어린 감나무가 있던 집 애기업개로 살다 간 삼양 고모는 열여섯 살이었어 삽사리문고 읽다 까무룩 잠들면 수천 년이 흘렀던 거야 옛이야기 속 누이는 다 슬픈 건지 솜이불 다독이는 소리 낮아졌지 비키니 옷장 속에 숨어 얼굴을 묻으면 라디오 소리가 더 잘 들렸어 엄마 키만 한 기타를 갖고 싶었어 이름난 별자리 옆에는 탁아소가 성행이었고,

개나리가 묻다

이정섭

긴 겨울 지나 나는, 죽었을까요, 살았을까요, 겨울과 겨울 사이 잠깐 눈 붙인 여인숙에 미량의 체취, 남았을 까요, 밑줄 긋던 밤 지나고, 또박또박 침 발라 헤아리던 봄날은 왔는데요, 자생하는 들꽃은 상징이라는 새빨간 거짓말, 봄볕은 사실 죄다 아스팔트에 꽂히는 걸요, 곰 팡내 깊은 여인숙 담요 아래 버려두고 온 겨울은 아직 꼬물거리는데요, 이렇게 샛노란 꽃, 피워도 되는 건지, 화 낭기 없는 꽃 어디 있을까요, 나는 당신의 이름을 유혹 하는 리틀 미스 노 네임, 나긋나긋 물기 오른 입술이, 갖 고 싶지 않나요, 깍지 낀 당신과 나의 봄날, 침 흘리는 꽃 가루를 받아, 내일이면, 저기, 우직하게 자라는 어둠의 습지 긴 빙하의 품 안, 활짝 열린 짐승의 미래로, 뛰어들 우리, 나른한 관성 사이로 강은 흐르고, 아무튼, 짧은 봄 지나 당신은, 살았을까요, 죽었을까요

발소리

최치언

발소리가 107호 노인의 이름을 불러요, 그 집 유리창
으로
핏물이 번져요 늙는다는 건 아름답게 가야 한다는
말이겠죠
그러니까 당신은 절대 상관하시 말이요
이번엔 발소리가 205호 남편의 이름을 불러요,
계단을 오를 때 밑에서
제 치마 속을 흘끔거리던 남자예요 이마에 쇠창살 같
은 상처 세 가닥이
움찔거리고 있었죠 그따윈 상대 말고
어서 불을 꺼요
한밤중인데 발소리가 303호 청년의 이름을 불러요
무슨 죄를
저질렀나 봐요 저를 보면 괜히 손에 든 붉은 책을 뒤
로 감췄거든요
신경 쓰지 말고 우리 하던 일이나 계속해요
또 저 발소리, 402호 부인의 이름을 불러요 미장원에서
머리를 감겨 주는 여잔데, 손님의 머리가 무슨 빨래판

인 줄

　안다니까요 당해도 싸요 여보 우린 그냥 잠이나 자자
구요

　발소리가 점점 크게 들려요,

　옆집 508호 아이의 이름을 불러요,

　놀이터에서 우리 애의 그네를 뺏어 타던 아이예요

　찢어진 러닝으로 제 목을 조르려고 덤벼들었죠

　녀석은 혼구멍 좀 나야 해요 그러니까

　당신은 절대 상관 마세요

　아파트마다 울부짖는 소리가 가득해요

　시끄러워서 잠을 잘 수가 없네 이 아파트 사람들은
정말 교양이

　없어요,

　우리 식군 아직까지 무사한 걸 보니 이제 끝났나 봐요

　오! 그 발소리예요 우리 집 문을 두드려요

　귀를 막아요

　누군가 신고를 해야 하는데, 불들을 모조리 꺼 버렸
어요

무엇인가 잘못돼 가고 있어요
그런데 내 얼굴이 왜 이렇게 늙어 버렸죠
여보 왜 잠만 주무시는 거예요 어서 잠에서 깨세요
앗! 그 발소리예요

흰 것들이 녹는 시간

폭설이 쏟아지는 진안 마이산 지나왔다. 봉긋하니. 참 하얗게 솟아오른 마이산이었다. 나는 두 손을 마이산에 얌전히 올려놓고 긴 잠을 잤다. 일어나 거울을 보니 귓불이 발갛게 달아올라 있었다. 여름에도 폭설이 내리는 방이 있었다. 뜨거웠다가 차가워진 귀가 있었다. 떠났는데 여전히 떠나고 있는 발소리가 들렸다. 견딜 수 없었다. 나는 찢어진 두 손으로 뜨거워진 두 귀를 감싸고 달아나기 시작했다.

수도꼭지 교체사史

김성장

수도 연결 고리가 고장 났다 물나라에 민란이 잦아
진 것
여기는 양수리
합류 지점이나 휜 부분이 늘 말썽이다
시위를 진압하려면 십 분쯤 걸어서 읍내 철물점
철의 정부에 가야 한다
모든 정부는 바이스처럼 완고하지

거리엔 줄줄 새는 게 없는 사람들 줄지어 돌아다니고

정형외과 앞에서 척추가 덜컹거리는 주민
안경점을 바라보며 시력이 떨어지는 시민
불교청년회 유리창 변상도는 색을 버리는 중
내복 가게가 내 팬티를 잡아당긴다

물건을 사이에 놓고 무자비해질 것을 각오하는 인류
가 시장을 메운다
연통을 자르던 철의 노동자가 일어서며 우드득 어깨

관절을 편다
　형용사처럼 흩어지는 비둘기
　녹슬지 않는 엘이디 전광판이 분수를 뿜어낸다

　종이를 지급하면 철을 거슬러 주는 문명이 벌써 몇
세기를 지속하는 걸까

　폭로된 것은 없다
　플라이어를 조이면 물방울의 목이 가늘어질 뿐

마른 꽃
—적滴 6

건조한 겨울 방 안에 솔방울 가습기가 놓였다

아내가 뒷산에서 한 아름 주워 온 것

땅에 떨어져 아무렇게나 뒹굴던 것늘을 유리 쟁반에
담아

물을 흠뻑 적셔 놓으니, 방 안 가득 은은한 솔향마저
느껴진다

이 솔방울 가습기를 어떻게 알았을까, 묻고 싶었지만

아내는 그냥 웃기만 해,

창가에 놓아두고 무슨 정물화처럼 바라보기도 한다

전신을 오므리고 있다가

물기가 마르면서 조금씩 제 품을 열고 있는, 솔방울
들…

단단히 여민 몸이, 씨를 떠나보내기 위해

서서히 물기를 말리면서, 어느새 씨방의 문을 활짝 열
고 있는

솔방울들

바싹 말린 몸을 가지에서 떨어트린 후

어떻게 미련 없이 땅 위를 뒹굴고 있었는지를

그 내력을, 생각해 보노라면

스스로를 떨어트린다는 것, 그것이 어찌 날개가 아니
랄 수 있을까

건조한 겨울 방 안에 놓여, 서서히 자신을 말려 가고 있는 모습이

물기 다 증발시키고 바싹 마른 몸을 활짝 열고 있는 모습이

꼭 한세상 미련 없이 보낸, 허허로운 웃음 같아

틀니도 없이 부끄럽게 잇몸으로 웃는, 그런 웃음 같아

바닥에 떨어져 아무렇게나 뒹구는, 저 솔방울들…

꼭 꽃 같다

마른 꽃

제 몸의 물기를 다 말려야 피는 꽃

벌레

유용주

현관 센서등은
사람들이 들어오고 나갈 때 불을 켠다

파리만 날아다녀도 불을 켠다

캄캄한 밤,

홀로 집에 들어섰을 때

강아지처럼, 아이처럼 달려 나와
환하게 웃는 센서등

벌레와 인간은 동족이다

초식동물

고증식

장사 끝난 죽집에 앉아
내외가 늦은 저녁을 먹는다
옆에는 막걸리도 한 병 모셔 놓고
열 평 남짓 가게 안이
한층 깊고 오순도순해졌다
막걸리 잔을 단숨에 비운 아내가
반짝, 한 소식 넣는다

죽 먹으러 오는 사람들은
하나같이 다 순한 거 같아
초식동물들 같아

내외는 늙은 염소처럼 주억거리고
한결 새로워진 말의 밥상 위로
어둠이 쫑긋 귀를 세우며 간다

빵은 괴롭다

박남희

햄이, 상추가, 소시지가, 치즈가, 토마토가
노크도 없이
빵과 빵 사이를 비집고 들어와
사이를 갈라놓는다

그다음엔 이빨이 얼쩡거리며 침을 흘린다

어디서 부풀었든
어차피 빵의 위치는
샌드위치

오늘도 빵은 괴롭다

고구마

김은지

봄에는 심장약 복용을 시작해야 할지도 모른다고
수의사는 말했다

열 살 넘은 개가
내 이불을 덮고 자고 있다

들숨 날숨에 맞춰
움직이는 배를 보다가
머리를 쓰다듬으면

어김없이 눈을 뜨고
나를 확인하는 개

고구마와 고마워는
두 글자나 같네

말을 걸며
빈틈없이 이불을 꼭꼭 덮어 줄 수 있는

겨울 고마움

저물녘

길상호

노을 사이 잠깐 나타났다 사라지는 역

누군가는 떠나야 하고
또 누군가는 남아 견뎌야 하는 시간

우리 앞에 아주 짧은 햇빛이 놓여 있었네

바닥에 흩어진 빛들을 긁어모아
당신의 빈 주머니에 넣어 주면서

이미 어둠이 스며든 말은 꺼내지 않았네

그저 날개를 쉬러 돌아가는 새들을 따라
먼 곳에 시선이 닿았을 때

어디선가 바람이 한 줄 역 안으로 도착했네

당신은 서둘러 올라타느라

아프게 쓰던 이름을 떨어뜨리고

주워 전해 줄 틈도 없이 역은 지워졌다네

이름에 묻은 흙을 털어내면서
돌아서야 했던 역, 당신의 저물녘

낙법

이장근

회전하며 떨어지는 낙엽을 본다
바지런한 저항
나는 저런 자세가 좋다
뒷산에 걸린 저녁 해처럼
밑으로 파고드는 뒤집기 자세
날개 없는 것들의 비행술은 발버둥이다
체념만큼 지적인 패배가 있던가
리모델링 플래카드가 걸리곤 하지만
아직 손대기 아까운 아파트에는
아침마다 경운기 소리가 농구공처럼 튄다
아스팔트 바닥을 치며
폐지를 가득 싣고 달리는 노인은
나도 모르게 믿게 된 미신이다
한 점 부끄럼 없는 우상이고
손바닥을 치며 부르고 싶은 노래다

피닉스

권지현

선인장 꼭대기에 새 두 마리,
부리 맞대고 앉아 있기에 사진 찍어 두었다

한참 후에 그 중 하나는
새와 꼭 닮은 선인장 열매였음을 안다

해를 향해 날아간 새들
한꺼번에 노을로 돌아와 앉던 그때

숨 고르던 선인장 열매가
새의 형상 빌려 새를 불러들인다

부리에 부리를 대는 붉은 새,
선인장 꼭대기에 새 두 마리 앉아 있다

계면활성제

정덕재

물과 기름 사이를
한 몸으로 만드는
계면활성제
중심과 변방의 바깥이 아니라
마주 보는 경계에서
두 손을 잡게 하는 혁혁한 조력자라면
우리의 사랑에도
계면활성제가 필요하다
오지 않는 그대와
기다리는 나 사이에
똠방똠방 떨어지는
한두 방울로
하나가 될 수 있다면
당신의 핸드백과
내 주머니에
휴대용 계면활성제를 가지고 다닐 일이다
사랑은 늘 화학적이라서

바래다 줄게

박진이

바래다 줄게, 꽃 피는 근처까지

막 햇빛이 다녀간 벤치에 앉아
지루한 발밑에서 절걱거리는
돌멩이 소리를 듣곤 했지
문득 새들이 날아들었다 흩어지고

갓 쌓인 눈에 발이 잠기는 순간까지만
바래다 줘
말을 걸지 않았다면
이곳까지 올 일도 없었을 거야

어디?
오래된 질문이 마음에 들어

이따금 고개를 들어 올려다보면
새들이 꽃나무를 흔들고 지나가는
여기 어디였는데

꽃나무 성긴 가지 틈으로
내 나이가 비치던

바래다 줄게, 긴긴 봄
눈가가 붉어지는 그곳까지만

뒤

황형철

내 뒷모습은 나 자신의 절반인 것인데
사이도 좋게 딱 반반씩 나눈 것인데
번번이 앞모습만 매만졌다
벽에 의자에 침대에 바위에 나무에 너에게
툭하면 앉고 기댄 탓에
세상의 소란 다 삼킨 채
짓눌린 나의 뒤여
아무것도 가질 수도 만질 수도 없이
잠잠한 그늘만 드리운 뒤야말로
응당 앞이 아닐까 하는 생각
뒤라고 알고 지낸 많은 것들이
실은 진짜 앞이 아닐까 하는

공책

이소연

몸을 더럽히지 않으면
죽을 때까지 볼 수 없었다

가볍고 싶다
사과 껍질 같은 말만 남았다

종전까지 우리가 감싸고 있던 것에 대해서 말문이 막
힌다
펼쳐진 공책
어떻게 둥근 것들은 이렇게 납작해질 수 있을까

쟁반처럼 누워 바닥에 귀를 붙였다
들려온 말과 이해하는 말 사이에 벽이 흔들렸다
지상에 어울리지 않았으므로

무슨 말을 하더라도 닳아 가는 사람만은
사랑하리라

물집이 잡히고
사마귀가 돋고
털이 빠진다

너의 질병을
만져 보리라

잠적한 고백
주인을 모르는 발자국처럼 복원되지 않았다

심장 속에서 사과를 꺼내 깎아내겠다는 것
어쩌면 너에게로의 첫발

마음이 납작해진다
내가 주려던 건 이게 아니다

그대여 고독한 골목에

이용임

고독한 골목에 발을 두고 왔습니다 고독한 골목에 머리에 꽂은 꽃을, 고독한 골목에 밀담을 적어 두고 왔습니다 그대여, 고독한 골목에 가면 내가 흘린 꿈에 스미세요 고독한 골목에 창을 두고 왔습니다 영원히 두드리는 창백한 주먹을 투명하게 말라 가는 빛을 바르고 왔습니다 고독한 골목에 그대여, 멈춘 그림자와 악수를 나누세요 고독한 골목에 색을 두고 왔습니다 겨울과 봄과 여름과 가을 저녁의 시간에 잎사귀를 담그고 왔습니다 그대여, 고독한 골목으로 가는 지도를 찾았나요 모든 길이 낭떠러지로 사라지는 저승 나비 무늬 혈관을 읽어서 흰 그늘로 버리면 그대여, 고독한 골목에 내가 쌓아 둔 돌멩이와 물방울을 볼 수 있을 거예요 고독한 골목에 목소리를 두고 왔습니다 그대의 이름만 되부르는 고독한 골목에 그대를 두고 왔습니다 그대여, 부드럽게 바래세요 모퉁이를 돌 때마다 고독한 골목 고독한 골목에

안개의 시간

배교윤

지상에서 안개가
사랑할 수 있는 시간은
거미줄 위에 있다

먼 산이여
길이 외롭다고 말하지 마라
가늘고 위태롭게
안개를 거느리는 시간이
사랑하는 시간이다

지상의 모든 기쁨과 슬픔은
거미줄 위에 있다

고인

김대호

나는 최후에 개명할 것이다
개명할 이름은 고인
나와 비슷한 시기에 최후가 온 이들도 모두 개명을 하
겠지
우스울 거야
모두 같은 이름이 되었으니
고인, 하고 부르면 수백 명이 동시에 쳐다볼 수도 있
겠지
그 난감한 상황에서도 서로 통성명을 할 거야
저는 고인이라고 합니다 댁은?
아, 댁도 고인이시군요 저분도 고인이라고 하던데
이것 참 대략난감이올시다
개명한 이후에도 예전의 이름이 기억날까
그 이름으로 살았던 낮과 밤 혹은 그 이름을 걸고 내
기를 했던 일들
고인이 되어서도 울 수 있을까
운다면 눈물은 어디서 흐를까
눈도 없이 울 텐데

베를린

이진희

수첩과 일기를 불사르고
친구들에게서 온 모든 편지를 태우고
부모에게도 애인에게도 알리지 않고 떠났다는 얘기를
너의 입술로 들을 수 있게 되어 좋았다
잊지 않으려고 친구들의 얼굴과 전화번호를
머릿속에만 새기고 새기면서 밤을 또 낮을 견뎠다고
했다
그때에도 나는 말 못 했다
정확한 주소지도 모르면서 네가 살았다던
너 없는 동네를 찾아가 때때로 배회했다는 것을
네가 드나들던 대문은 파란색일까 초록색일까
덩굴장미 점점이 늘어진 저기 어디쯤이
네가 고개 내밀어 바깥의 기미를 살피던 담장일까
끝까지 말 안 하길 잘했다
너를 찾으려고 씩씩하게 배낭을 꾸렸던
너의 애인과 오랜 친구처럼 어울려
저녁을 먹고 술을 마시고 노래 부르던 밤에도
나의 너는 베를린에 머물러 있었다

나는 용기 내지 못한 그 후미진 골목
불 켜지 않은 그 다락방에 홀로 앉은 네가
어떤 아름다운 기억을 되새길 때마다
베를린이라는 머나먼 입술이 부드럽게 빛났다

2부

밤새 우는 아기를 안은

창백하고 질긴 얼굴

뱀이 되려 했어

김개미

너와 함께 뱀이 되려 했어
오후의 따뜻한 바위를 타고 넘으며
새들의 노래를 들으려 했어
바람 좋은 풀밭에 머물며
장대 끝에 피는 꽃을 흔들려 했어

떡갈나무 뿌리도 알지 못하는
흙냄새와 너만 있는 곳으로 가
너에게 나를 꽁꽁 묶어 두고
언제까지나 머리맡에 네 박동을 켜 두려 했어
너는 뱀이 되지 않았지만 누가 너처럼
우아하게 나를 빠져나갈 수 있겠니?

낡은 비늘을 벗고 고통 속에서
네가 다시 태어나는 모습을
나 혼자 오래오래 지켜보려 했어
어쩌다 커다란 먹이를 먹으면
한 달 동안 꼼짝도 하지 않고 잠도 자지 않고

눈이 멀 때까지 너만 바라보려 했어

침묵으로 된 길고 긴 사랑 이야기를
너와 함께 써 보려 했어
한 벌뿐인 드레스를 고목나무에 걸어 놓고
못 찾는 짐승으로 남으려 했어
백 년 동안 계속되는 게으른 신혼을
너와 함께 맞으려 했어

시간이 지나고 지나도 내 머릿속엔
여전히 발견되지 않는 초록 숲 빛나고
지금 내가 천하고 외로운 건
너와 함께 뱀이 되지 못해서야
너와 함께 무엇이 되지 못해서야
너와 함께 뱀이 되려 했어

기일

내 기일을 안다면 그날은 혼술을 하겠다

이승의 내가 술을 따르고 저승의 내가 술을 받으며
어려운 걸음 하였다 무릎을 맞대겠다

내 잔도 네 잔도 아닌 술잔을 놓고 힘들다 말하고 견
디라 말하겠다

마주 앉게 된 오늘이 길일이라 너스레를 떨며 한 잔
더 드시라 권하고 두 얼굴이 불콰해지겠다

산 척도 죽은 척도 고단하니 산 내가 죽은 내가 되고
죽은 내가 산 내가 되는 일이나 해 보자 하겠다

가까스로 만난 우리가 서로 모르는 게 많았다고 끌
어안아 보겠다

자정이 지났으니 온 김에 쉬었다 가라 이부자리를 봐

두겠다

오늘은 첨잔이 순조로웠다 하겠다

몽골에서 쓰는 편지

안상학

독수리가 살 수 있는 곳에 독수리가 살고 있었습니다
나도 내가 살 수 있는 곳에 나를 살게 하고 싶었습니다

자작나무가 자꾸만 자작나무다워지는 곳이 있었습
니다
나도 내가 자꾸만 나다워지는 곳에 살게 하고 싶었습
니다

내 마음이 자꾸 좋아지는 곳에 나를 살게 하고 싶었
습니다
내가 자꾸만 좋아지는 곳에 나를 살게 하고 싶었습
니다

당신이 자꾸만 당신다워지는 시간이 자라는 곳이 있
었습니다
그런 당신을 나는 아무렇지도 아니하게 사랑하고

나도 자꾸만 나다워지는 시간이 자라는 곳에 나를

살게 하고 싶었습니다
　　그런 나를 당신이 아무렇지도 아니하게 사랑하는

　　내 마음이 자꾸 좋아지는 당신에게 나를 살게 하고
싶었습니다
　　당신도 자꾸만 마음이 좋아지는 나에게 살게 하고 싶
었습니다

서 있는 사람

희음

대기표를 손에 쥐고 사람이 서 있다

사람은 싸우는 사람을 본다
내동댕이쳐지는 대기표를 본다
한참이나 굴러가는 종이 뭉치를 본다

싸우는 사람은 계속해서 싸우고 있다
기계는 새 순번을 흰 종이에 찍어낸다
새로운 집게손을 계속해서 불러들이며

버려진 도처의 종이 뭉치들이 빠르게 수거된다
붉은 숫자들이 높은 곳에서 천진하게 깜빡인다
갓 잠에서 깨어난 아기처럼
순번들은 말갛게 태어난다

싸우는 사람은 질질 끌려 나가면서 싸우고
싸우면서 조금씩 희미해진다

대기표를 손에 쥐고 사람은 한자리에 계속해서 서
있다

이유 없이 밤새 우는 아기를 안은
창백하고 질긴 얼굴처럼

소금쟁이

김호균

물 밖에서 물을 가지고 놀았다
물 안의 개펄에 결코 빠져들지 않았다
일생을 물에서 살면서도
온갖 유혹 뿌리치며 살았다

소금쟁이는 발목만 담근 듯 만 듯
그러니까, 세상과는 아주 떨어지지 않으면서도
세상을 사뿐사뿐 가지고 노는
힘,

딛는 발로 징 무늬를 그리며 징징징,
내달릴 때마다
물 안의 세상도 징징 울렸을까

얼마나 많이 발길에 채었는지
물 안이 온통 멍 빛이다

늪에서 일생을 보내면서

누가 그렇게 살았을까

햇볕의 구멍

김점용

전철 지붕과 공동묘지 지붕이 나란한 곳에 왔습니다
토요일 오후였으나 갈 곳이 없던 저는
공동묘지로 올라가 무덤 옆에 누웠습니다
얼마나 잤을까요?
문득 내 옆자리에 누운 풀을 보니
나 말고 다른 사람이 누웠다 갔다는 것을 알았습니다
그도 외롭고 무덤도 외롭고
무덤에 내린 햇볕도 외롭고
문인석도 상석도 외로워 얼어 있었습니다
햇볕과 무덤이 서로를 껴안고 잠들었겠지요
햇볕이 구멍을 열고 무덤을 꺼내 안았습니다
아무래도 오늘은 갈 곳이 없습니다
 저 멀리 날아가는 검은 비닐봉지 안에 내 살림이 담
겼습니다

원더우먼 윤채선

피재현

할머니가 된 원더우먼 린다 카터를 텔레비전에서 보았을 때, 엄마 생각이 났다 아이들은 학교에서 돌아와 가방을 팽개치면 텔레비전이 있는 마당집에 모여 별무늬 반바지를 입은 원더우먼을 만났다 무적의 원더우먼!

엄마는 하루 종일 밭일을 하고 돌아와서는 아궁이에 불을 지피고 밥을 안치고 마당에 난 풀을 뽑고 밥을 푸고 밥을 먹고 설거지를 하고 빨래를 해서 달빛에 널고 뚫어진 양말을 다 깁고 잠깐 적의 공격을 받은 양 혼절했다가 새벽닭이 울면 일어나 밥을 안치고 들에 나가 일을 하고 밥을 하고 일을 하고 빨래를 하고 또 밥을 하고 그 많던 왕골껍질을 다 벗겨서는 돗자리를 짰다

린다 카터는 할머니가 되어 새로운 캐릭터를 부여받았다 무기는 더욱 강력해지고 그사이 새로 생겨난 영웅호걸들과 어울려 술 한잔하기도 한다

나의 엄마는 여전히 밥을 하고 빨래를 하고 약을 먹고 밥을 하고 냉이를 캐고 약을 먹고 콩을 고르다가 밥때를 놓쳐서 아버지에게 된통 혼쭐이 나고 돌아앉아서 약을 먹고 이렇다 할 전투를 치르지도 않았는데 끙끙 앓으며 잠을 잔다 무릎과 입 안에 새로운 무기를 장착하긴 했는데 별 효과가 없다 전동으로 움직이는 슈퍼카를 구입했지만 슈퍼맨을 만나기는커녕 평생 웬수 아버지와 산다

린다 카터는 은퇴를 선택했지만 엄마는 아직도 우리의 원더우먼, 쭈그렁 가슴이 무너져 내려도 별무늬 몸뻬를 입고 혼절한다

시

손남숙

그래 보는 거다

손바닥으로 물을 받쳐 들고
어둡고 축축한 버드나무 아래를 지나간다
잎이 넓적한 부엽식물처럼 커다랗게 맴돌아 보는 거다
바람이 날아오든지 눈이 부시든지 꽃이 피든지

세상의 모든 눈물이 물에 녹아 없어진다고 해도
들판 너머로 사라진 이름은 기다리지 않는 거다
둥근 가시연꽃이 물을 빨아들이며 둘레를 키워 가
듯이
점점 더 가지런하게 수면을 수놓아 보는 거다

물보다 가벼워지는 거다
그래 보는 거다

하늘로 걸어가는 나무

버스를 기다리다가

하늘로 걸어가는 나무들을 보았다

약속이나 한 듯 어두워지는 하늘 아래

나뭇잎이 누렇게 떨어지고 있는 늦가을

고양이 울음소리

아버지 구둣발 소리가 골목 안으로 접어들었다.

골목이 골목을 업고 갈 때

등에 진 짐 나누어질 등이 없을 때

나무 아래 풀잎도 몸을 떨며

느릿느릿

뒤돌아보면 어둠으로도 되돌리지 못하는

그 길을

아버지와 함께 지친 발걸음으로

하늘로 걸어가는 나무들을 보았다.

커튼콜
―탄자니아와 케냐 접경지에서

정이경

붉은 길에 접어들자
어떤 사람은 남고 어떤 사람은 계속해서 걷는다
검은 밤을
천천히, 아주 천천히
지나
2월은 짧게 와서 길게 갈 것이다
구경꾼이 없어도
혼자 춤을 출 것이다
오래
느닷없는 리듬에 이끌려
다시금
나는 새로운 나에게로 도착될 것이다
발뒤꿈치 사뿐 들고

섬의 비망록

홍경희

세화와 월정 사이
이른 조명 하나둘 켜지는 해안도로를 걸어
고무 물질복을 벗지 못한 할망 해녀가
집으로 돌아가고 있다

오늘 수확은
어깨 위 망사리를 가득 채운 노을 한 짐
파란색 고무 슬리퍼 걸음만 선명하다

이 바다를 잠시 스쳐 가는 당신들은 모를 것이다

보말 몇 개로 하루의 몫을 감당해냈던 애기 해녀가
지느러미 대신 다른 호흡법을
익히며 어른이 되어 가고
거친 물결에도 몸을 내맡겨야 하는
바다의 순리를 깨우친 이후

열 길 물속,

소라씨 전복씨 뿌리고 거둬 온
저마다의 물밭이랑에
식솔 대여섯 목숨줄 걸리면
의지할 것은 오직 저 바다뿐이었다는 것

마침내 바다와 여자들은 한 몸이 되어
맥박의 주파수까지 같아졌다는 것

오늘 저 바다에서 여든두 살 할머니가
물숨을 놓았다는 소식이 또 들려온다

숨비소리 한 대목이 사라지는 날이면
바다도 몸이 무너진 채 운다
바람도 잠시 멈춘다

당신들은 끝내 들을 수 없는
울음소리
저 숨비소리들

살아 있는, 유령들
―나는 어제처럼 말하고 너는 내일처럼 묻지

이기영

배고프면 밥을 먹고 졸리면 잠자고 갑자기 백 년 후에 만나자고 하면 웃어 줘

웃지 않고 말히는 너는 오래 묵은 감정에 잠깐 솔직해졌고 나는 급정거에 정신없이 길게 끌려 나온 선명한 바큇자국에 소름이 돋았다 목을 맨 밧줄 끊어낸 손을 잠시 후회했다 바람 사나운 어제는 이미 사투를 끝내고 다시 내일의 전쟁이 두려워진 오늘, 한자리에서 빙빙 돌다 쓰러져 버리는 영원한 오늘이 밤새 꺼지지 않는 교회 십자가 같았다 뺨을 때리는 사장 앞에서 못–이라는 말보다는 안–이라는 부정사를 꽉 움켜쥐고 있어도 미쳐 날뛰는 시간이 잠잠해질 때까지 막무가내로 오늘은 계속해서 오늘이어서

하루 종일 해골을 들고 다녔다

아름다울 수 있을까요

백애송

어쩌다 어딘가에서 마주치더라도
우리는 서로 모르는 사이

이 긴장은 참 쓸쓸해요

미리 준비했던 표현은 오늘도 하지 못했어요
했어야 했던 말 피했어야 했던 말

돌아서면 생각이 나요
내가 한 이야기가 옳은지
기억에 없어요

서로의 등을 하염없이 바라봐요
뒷모습으로 인사를 대신하며 속삭여요

다음에는 더 아름다운 곳에서
오늘처럼 예고 없이 만나자고요

우리는 어디까지
아름다울 수 있을까요

새

손음

나뭇가지의 몸은 왼쪽으로 휘어져 있다
  그 가지에 친친 감긴 햇살은 내가 혁대로 삼아도 좋
겠다
  나는 창의 안쪽에서 생각을 만드느라 한껏 늙어 있다
  슬픔이 남아돈다

  정오에는 새가 나무의 등짝을 파먹는다
  아직도 당신 등은 파먹을 게 많아*
  새의 부리가 빨갛다
  자세히 보니 나무가 죽은 새를 안고 있다
  너무 울어 눈알이 빠져나간 새의 몸에서
  애틋한 시간의 냄새가 난다

  봄여름가을겨울이 뒤섞여서 온다
  콕콕콕… 나를 점치는 소리
  콕콕콕… 나를 파먹는 소리

  슬픔이 남아돈다

더럽고 낡은 의자에 놓인 화병이 쓰러진다
정원에는 코피처럼 빨갛고 이상한 꽃이 피었다
까마득한 꿈속에서
미친 듯이 날아가는 한 마리 새를 본다
나는 창의 안쪽에서 슬픔을 만드느라 한껏 늙어 있다

생각이 주전자처럼 들끓는다
겨우 불을 끈다

*박서영 시의 한 구절 변용

얼굴의 노래

윤석정

할머니를 이장하던 날
아버지는 세 살 이후 할머니의 얼굴을 처음 만졌다

사진 한 장 없는 할머니가 기억나지 않아
아버지는 얼굴을 더듬거렸다

아버지는 그리운 얼굴의 노래를 불렀다
울음이 없는 음정이지만 엇박자였다

끝 모를 침묵이 어긋난 박자들의 끝음을 채웠고
아무도 원망할 수 없는 이별이 화음을 이뤘다

아버지는 뼛조각들을 가지런히 모아 놓고
할머니의 얼굴을 살살 만들었다

얼굴의 노래들이 둥글게 부풀더니
분명한 할머니의 얼굴이 떠올랐다

나무숟가락

손병걸

그녀가 나무를 깎는다 칼질의 방향은
순결 쪽이 편하다고 한다 가끔은
잘 미끄러지던 칼날이 탁, 걸릴 때
엇결을 만난 깃이라 한다
그러나 맞선 것이 아니고
걸어온 길이 서로 다를 뿐
그냥 결과 결이 한 몸으로
단단히 자란 나무의 사연이라 한다
이 나무숟가락 하나가
우리 손에 쥐어질 수 있는 건
헤아릴 수 없는 인연들이 응집된
작은 나무 한 조각의 회향回向 덕이라 한다
엇결이 순결이고 순결이 엇결
각기 제 방향을 가진 나뭇가지들의 조화
그러니까 분리할 수 없는 모두는
바로 나무 한 그루의 나무 한 조각이라 한다
나이테가 나이테를 겹겹이 포옹한
나뭇결을 읽어 주는 그녀를 보다가

우리 입으로 들어가는 모든 음식은
나무숟가락으로 모셔야 한다는
어느 성자의 말씀이 떠오르고 나는 살다가 오늘처럼
좋은 인연을 만나면 나무숟가락을 선물한다는
그녀, 내게 나무숟가락 하나를 쥐여 주며
뜨끈뜨끈한 말씀 한 끼 내어놓는다

밥 굶고 다니지 마세요

밤 택시

박주하

퍼붓는 빗속으로
발목이 전부인 바퀴들이

온 생을 적시며 간다

어쩌랴, 어둡고 질퍽해도
서둘러 가야 할 길인 것을

소실점

물결 위로 넘치는 석양
괜한 돌멩이나 내던지면 얕아진 강물이 눈망울로 번져 와
멀리 빈집으로 쓸려 가네

아득하도록 붉게 고인 하류에서는
무성한 넝쿨로 엉키는 얼굴들
바다에 닿기 직전 급하게 불어 오르네

오늘 일기를 미뤄 둔 새들이
낮은 바람 박차고 돌아갈 채비를 서두르는데
발목 다 젖은 미명을 들쳐 업고 돌아가는 다리 아랫길

멀리서 흐릿하게 떠오른 어머니
내가 닿아야 할 별 하나
깜박하고 켜진다

오늘 내게 제일 힘든 일은

손진은

늦점심을 먹으러 마주 보는 두 집 가운데 왼편 충효
소머리국밥집으로 들어가는 일, 길가 의자에 앉아 빠안
히 날 쳐다보는 황남순두붓집 아주머니 눈길 넘어가는
일, 몇 해 전 남편 너줄 중으로 보내고도 어쩔 수 없이 이
십수 년째 장살 이어 가고 있는 희끗한 아주머니, 내 살
갗에 옷자락에 달라붙는 아린 눈길 애써 떼어내는 일,
지뢰를 밟은 걸 알아차린 병사가 그 발 떼어 놓지 못해
그곳의 공기 마구 구기듯, 가물거리는 눈이 새기는 문신
으로 어질어질, 끝내 못 넘어갈 것 같은 이 고개는

파도의 기분

임수현

바다에서는
누구나 웅크리는 법을 알게 된다

고기잡이배들이 해안선을 그렸다가 지운다
 해변에 오면 사람들은 신발을 벗어 들 준비가 되어
있다
 벗어 둔 신발이 사라지기 전까지는 신발을 생각하지
않는다

 수평선은 수평선에게
 파도는 파도의 기분으로
 나를 밀어내고 있었다 밀려가고 있었다

 모래처럼 부서진 기분을 뭉쳐 파도에게 주었다
 웅크린 몸을 펴
 벗어 둔 신발을 집어 들면
 맞잡은 두 손에도 계절감 같은 게 느껴지기도 했다

그런대로 괜찮다
바다에서 돌아와 바짓단을 펴면
아는 낱말의 수만큼 밤이 되겠지
파도가 내게 모래를 한 움큼 넣어 주었다

데리러 온다는 말

임곤택

맑은 날이면
데리러 온다는 말이
떠오릅니다

아이와 엄마
강아지와 주인
밝아지는 창문

일요일입니다
사람들이 지나갑니다
데리러 가는 길이면 좋겠습니다
맞으러 가는 길이어도
좋겠습니다

두 곳이어서
이곳과 다를 거라서
믿게 됩니다

스물다섯 비망록

이지호

색깔의 무게를 달아 보려 했어. 스물다섯 나에게 저울을 선물한 이는 누구일까. 편지를 보내는 사람의 이름을 오래도록 불러 보았지. 다만 그에게 줄 약을 만드는 마음으로 눈금을 바리보면 너니? 네가 쓴 말들을 감싸고 있는 달달한, 단단한 말을 너는 삼키라고 하는 거니. 눈금을 바라보면서 나는 너의 색깔을 달아 보려고 했어. 네모난, 각티슈로 닦아내던 눈물에 네가 먼저 색을 입혔잖아.

말을 가두기에는 캡슐이 제격이야. 나의 말에 너는 질문을 받아야 하는 말을 정제에 박아 놓고 새어 나올까 봐 당의를 입혔어. 너와 나의 예의는 포장지에 따라 바뀌었고 외면한 슬픔이 저울 위에 가득했지. 가시 돋친 무게는 흔들리는 바늘을 잡지 못해 어떠한 약도 만들 수 없다고 너는 말했고 가벼운 것을 재는 저울은 무거운 거리가 있다고 나는 말했어. 처방의 문제라는 걸 나중에 알았지만 구겨진 무게는 떨림이 없었지. 색색의 알약들을 모아 저울에 올려놓고 색깔들이 모두 풀어지는 동

안 잠을 잤어. 몇 밀리그램의 방부제가 효능을 오래 붙
잡고 있었지만 꿈을 지웠지. 그 뒤 세상의 온갖 색을 알
아보게 되었어. 그런데 다시 너니?

파도의 일과

정수자

청이 딱히 없어도 맨발로 내닫는 건

바람과 손잡은 파도의 오랜 비밀

푸르른 등을 미는데 흰 속곳 춤이라니!

더러는 하품이고 거품뿐인 일과라도

바위야 부서져라 껴안고 굴러 보듯

필생의 운필을 찾아 눈썹이 세었다고

파도의 투신으로 해안선이 완성되듯

모래를 짓씹으며 달리리니 라라라

지면서 매양 칠하는 노을의 화법처럼

뼈 심부름

김안녕

엄마는 초등학교 오학년 막냇동생을 뼈다귀 사 오라
보냈다
엄마도 나도 기억 못 하는 오래전 이야기

백사십 센티도 안 되는 아이가 노란 양동이 들고
뼈 사러 가는 마음은 어떤 마음일까
몇 번을 휘청거려야 집으로 돌아올 수 있는 걸까

우리에겐 저마다 어떤 병이 있고

대신 문병 가는 이웃이 있고
대신 병 치르는 사람이 있고
대신 밥 차리는 여인이 있고
대신 뼈를 사 오는 가녀린 아이가 있다

나는 누구의 대신일까
누가 나 대신 황야를 걸어 노을 속으로 심부름 갔을까

누군가 대신 들고 온 양동이 속엔
핏물 머금은 뼈다귀들이 울음도 없이

민박

또 장기 투숙객이 들어왔다
다섯 번째다
보름 전 든 사내처럼 잠꼬대나 심하지 않을까

목숨을 되돌려 줄 수도 없으면서
하늘이 물었다 놓은 자리가 왜 하필 이곳인가
인간들은 그들의 방식대로
이불 개듯 죽음도 반듯하게 정리하는가

두 달 전 구석방에 든 서너 살 계집애
그 가시 같은 울음으로 푸른 잎을
맷방석만큼 쏟았는데
이젠 제법 새와 옹알이를 주고 받는다
그 애 부모는 아이의 죽음을 깃발처럼 흔들며
거리에서 무슨 법을 만든다고 난리 치고

오늘 마흔 언저리 사내를 들여놓고
돌아서는 그의 아내는 슬쩍 웃었다

덜어낸 사내 몸만큼 넓어진 침대와
받아 든 보험금이 허리 협착증도 곧게 세웠다
아들놈은 벼랑에 던지듯 아비를 두고 가는
어미를 원망하며 지 꾸만 뒤돌아보았다

내 생전 일면식도 없던 그들
억지로 항아리를 안겨 놓고
풀렸던 울음의 끝단을 돌돌 말아 들고
입가를 쓰윽 닫는다

말릴 새 없는 나만
툭툭 솔잎만 떨어뜨릴 뿐

3부

왜 아직 거기에 있는 걸까

붉은 노을은

몽유도원

이병철

우리가 마주 보고 누웠을 때
당신의 심장은 아래로 쏟아지고
내 심장은 쏟아지는 세상을 받아냈는데
내 팔베개에서 자꾸만 강물이 흘러
당신 귀는 깊이 잠들지 못했네
내 피가 실어 나르는 복숭아 꽃말을
다 듣고 있었네 그때 나는
벌써 죽은 사람이었고
당신은 살아서는 다시 못 꿀
꿈처럼 가엾이 아름다웠네

검은 개와 눈이 마주친 순간

장시우

멀리 개 농장에서 개 짖는 소리가 들린다
발소리만으로 기척을 눈치챈 그들의 날카로운 감각은
인간이 이식한 잔인한 슬픔 같은 것
두려움을 앞지른 막막한 기대 같은 것
데려올 수도 두고 올 수도 없어
죄책감 같은 것이 가슴 언저리를 누른다
멀찍이 보이는 그곳을 다가가지 못하고 돌아서는 길
에서
직선을 그으며 하늘을 걸어가는 비행기
허공을 향해 짖어대는 건 다다르지 못한 갈망 같은 것
눅눅해진 저녁이 저만치 있다
돌아오는 발걸음을 따라오는 개 짖는 소리를 털어
낸다
왜 아직 거기에 있는 걸까
붉은 노을은

검은 울음이 뚝뚝 떨어진다

폐역, 수레국화 옆에서
—서도역에서

오선덕

벚나무는 소리도 없이 몸을 비워냈다 밤새 소복소복
꽃잎이 내리던 철길은 눈부셨다

폐역을 떠돌던 묵언의 메아리는 붉은 양귀비와 보랏
빛 수레국화로 피어났다

희미한 기억을 닮은 굽은 평행선, 떠나간 기차를 따라
가기라도 하듯 구를 채비를 하는 수레바퀴 꽃

나무 의자에 앉아 기차가 떠난 방향을 바라보며 일어
설 줄 모르는 여인의 머리가 벚꽃을 닮았다

점잖은 밥 한 상 천천히 다 먹을 만한 시간이면 닿는
다던 정거장*

이제는 울리지 않는 기적, 녹슨 기찻길 위를 수레국화
가 덜컹거리며 달려가고 있다

 *최명희 『혼불』 중에서

스팸의 하루

오광석

빽빽한 건물들 사이로 가는 햇살이
원룸 창문으로 눅눅하게 들어오면
오늘도 어제처럼 가공된 하루가 시작되요
축축하게 세수하고 저렴한 스킨 내음 풍기는
매끈한 얼굴로 도시로 나가요
반듯한 사람들이
건물로 사무실로 들어가는 게
반듯하게 가공된 스팸들이
프라이팬과 레인지 속으로 들어가는 모습이죠
풋풋한 파처럼 생감자처럼 살고 싶었지만
네모난 스팸으로 살아가는 우리
모난 구석은 다 쳐내고
네모나게 만들어져 대량 생산 되는 하루여
매끈한 몸으로 하루를 살아가다
달궈진 해가 꺼지면
프라이팬 같은 사무실에서 튀겨져 나와
물렁해진 채 포장마차 한구석에서 썰리는 우리
살내음 풍기며 유혹하던 시절

생고기처럼 붉어진 얼굴로 만난 우리

가공되어 튀겨진 채로

포장마차에서 찬 소주와 함께 섞이고 나면

잠시나마 생생한 시절로 돌아가

씹히는 맛

스팸의 하루가 저물어 가요

목련꽃 필 때의 일

김명기

군복 입은 젊은이가
담배 한 모금 길게 빨더니
휠체어에 앉은
초로의 사내 입에 물린다
입을 꼭 다문 채 몇 모금
타들어 간 재를 받아 털고
다시 물린다
휠체어 두 바퀴 위에
텅 빈 소매가 소곳하다
목련 꽃잎 봉긋한
나무 아래서의 일이다

치마의 원주율

김애리샤

오래된 살구나무 옆으로 삐져나오던
구불구불한 모퉁이 길
그 길 따라 걸을 때면 자꾸만 벗겨지던
왼쪽 발 운동화
살구나무 아래에서 치마를 넓게 펼쳐 들고
받아내고 싶었던 살구알들
운 좋게 치마 안으로 받아 들었던
몇 알의 살구들은
벌레가 먹었거나 덜 익었거나 이미
물러지기 시작한 것들
자꾸만 미끄러지는 열매들
나의 사랑을 힐끗거리며 사선으로
비껴가는 사람들
낮은 굽의 신발을 신어도
곧게 걸을 수가 없어서 나는
뾰족뾰족 무한다각의
원주율을 가지고 있어서
그 꼭짓점들 중 어떤 것들은

무디게 갈아내고 싶어서
시계 반대 방향으로 고개를 돌려 보지만
캄캄한 밤들만 진열되어 있어서
조금씩 벌어진 수밖에 없는 미래들과
더 먼 미래들
나는 쓸모없는 모서리를
너무 많이 가지고 있어서

호수 경전

박소영

하늘을 품은 호수

겁도 없이 건너던 물오리 한 쌍

통째로 이리저리 가볍게 끌고 다닌다

작은 것과 큰 것을 깬 호숫가

벗은 나무들이 견디는 모습을 본다

머지않아 겨울 데리고 가는 발자국마다

어린 촉들이 지구 들어 올리고

다시 봄을 모시고 올 것이다

요한의원

송진

채식하세요? 발톱 끝의 피를 짜던 그가 물었다 네 그러고는 대화가 끊어졌다 그는 꿇어앉아 피를 짜고 나는 누런 전기장판이 놓여 있는 병실 의자에 기역으로 걸터앉아 그에게 두 발을 맡기고 있다 그의 바늘은 손톱을 향해 다가온다 엄지 검지 차례차례 피를 짠다 그가 채식하세요 다시 묻지 않았지만 나는 그가 그 말을 계속 반복하는 것처럼 느껴졌다 서울에 가야 해서요 약이 더 필요해요 그는 언제 떠나는지 물었다 이번 일요일에 올 거예요 나는 돌아올 날짜를 말하는 중이었다 올갱잇국처럼 엇갈리는 시점이었으나 올갱잇국처럼 같은 시점이기도 했다 그가 손바닥에 침을 놓았다 위에 문제가 생긴 게 맞군요 이십 분 후 그에 의해 일회용 침이 제거되었다 아프면 아프다고 말하셔야 해요 그는 내 왼쪽 손바닥 생명선 두 갈래로 연하게 갈라진 꼬리 부분을 약솜으로 지그시 눌렀다 안 아팠어요 제가 누를게요 아… 안 돼요… 꼭 눌러야 지혈이 돼요 그는 오늘 딴사람 같다 우리는 늘 딴사람이 되곤 한다 곧 다가올 겨울이 달 뜬 가을을 보여 주듯이

시 읽는 눈이 별빛처럼 빛나기를

문신

해 뜨지 않는 날이 백 일간 지속된다면 나는 캄캄한 살구나무 아래 누워 시를 읽을 것이다 비가 오면 심장까지 축축하게 젖도록 시를 읽을 것이다 도둑인 줄 알았다고 누군가 실없는 농을 걸어 오면 나는 벌써 시를 이만큼이나 훔쳤다고 쌓아 둔 시집을 보여 줄 것이다 또 누군가 나를 향해 한 마리 커다란 벌레 같다고 한다면 시에 맹목인 벌레가 될 것이다 야금야금 시를 읽다가 별빛도 달빛도 없이 내 안광으로만 시를 읽다가 마침내 눈빛이 시들해지고 눈앞이 캄캄해진다면 사흘이고 열흘이고 시를 새김질하다가 살구나무에 계절이 걸리는 것도 잊고 또 시를 읽을 것이다 그렇게 시를 읽다가 살구꽃 터지는 날을 골라 내 눈에도 환장하게 핏줄 터지고 말 것이다 시 읽는 일이 봄날의 자랑이 될 때까지 나는 캄캄한 살구나무 아래에 누워 시를 읽을 것이다

잔

혼자 앉아 있는 것보다 옆에 커피잔이 놓여 있으면
덜 심심하다
아는 할머니 한 분은 헤이즐넛 커피를 해질녘 커피라
고 한다

해질녘

그게 더 예뻐서
사실을 알려 주지 않는다

모르고 사는 삶이 더 아름답다
하늘에서 하얗게 내린 눈이
쌓여서 어떻게 푸른 빙하를 만들었는지
나는 알지 못한다
그런 것들은 세상을 신비롭게 만든다

우주가 어떻게 만들어졌는지 알면서
왜 만들어졌는지 알 수 없는 삶을 사랑한다

영원히 궁금해할 수 있는 삶

내게 모든 진실이 필요한 건 아니다

통영

편무석

걷는 모습이 닮았다고 아는 척하며 눌러앉은 자리를 맴돌다 보니 누구나 한 척의 통영이었다 부딪쳐 텅 빈 머리를 탈출하며 띄운 부표는 가라앉지 않았고 사소한 기척들을 살펴 통영을 통해 통영을 알게 됐고 몸에 습관처럼 밴 통영을 살면서 한번 가 보지 않고도 은밀히 남겨 둔 통영에 갇혀 통영을 살았다

기침은 뱃전에 올리는 멋쩍은 안부였고 공손한 질투였다

기우뚱거릴수록 힘을 빼는 배는 모르는 척 이상마저 썰물처럼 빼 버렸다 통영을 깃대에 걸고 온 힘을 다해 끌어 올려도 감당할 수 없는 역할을 요구하는 밤을 유유히 빠져나가던 날이었고 너무도 깊은 물집 잡힌 몸은 어김없이 집어등에 홀려 기웃거리던 어둠이었다. 풍선처럼 부푼 발소리를 붉은 동백에 실어 서럽게 내어놓은 아침은 힘에 부쳤고 말뚝으로 닳고 있는 발자국은 타인의 발을 꺼내 신어야 했다

쉴 새 없이 물간 고통의 배를 갈라 꾸덕꾸덕 말렸다

빛을 더듬다 숨어 버린 혀는 멀고 너무 끈적거렸고 짐
승의 살아 있는 신호가 집요하게 찔러 짐승으로 가두었
다 애간장 녹은 눈을 잊은 듯 중얼거리며 가난의 만선
을 누리는 낭만은 내 안의 치명적 물결로 친 바람벽의
성과였다

통영을 사는 눈사람을 덮친 바다는
비명을 음악처럼 흘렀다

가족력

이명선

가족력은 불치가 아니고 완치가 어려운 난치였지만 형의 파리지옥처럼 끈끈해 병은 아니라 생각했다 구태의연하게 늘 도망치는 꿈을 꾸었다 같은 밑바닥을 가지고 있는 우리의 삶에 빛을 들이듯 서로의 어린 체온 속을 파고들다 잠이 들곤 했다 형의 방에선 침엽수가 자라고 거들먹거리는 형이 싫어 가끔은 거들 말을 찾아보았다

귀신은 뭐 하나 몰라 저런 걸 안 잡아 가고

말하지 않으면 가족인 줄 모르는 그런 가족을 이상적인 가족이라 생각했는데 다짜고짜 한 방 먹이다가도 결정적일 때 한 방이 되어 주던 형. 한 방은 내가 낼 수 있는 가장 큰 목소리요 믿는 구석이기도 했다 형의 닫힌 방에선 침엽수가 세차게 자라고 형이 키우던 파리지옥은 며칠째 잠만 자고 있다

나는 가족력을 다시 찾아보았다

마카롱

뒷산에서 푸른 늑대가 운다

달달한 꿈이
한 달이면 만들어진다

일 년 열두 달 빨주노초파남보
가지각색 입고 오는

생은 죽음의 디저트,

지구는 내일도 태양에 구워지고

수성 금성 목성 화성 토성 명왕성
이것들 누가 주문한 걸까?

아무것도 모르는 것처럼

옆구리를 스쳐 간 두 개의 칼자국이 좋아

우리 중에 나만 아는 폐허
나만 만질 수 있는 어둠이 좋아

두 자루의 손목이 지나간 피의 길을 따라가

밤의 허리를 관통한 침묵의 총성이 좋아

우리 중에 나만 아는 골짜기
나만 통과할 수 있는 응달의 미래가 좋아

두 그루의 연필이 자라는 벼랑의 잠을 좇아가

우리들의 뾰족함이 밤의 귓불을 찢고
진주처럼 박히면 어쩌나

아무것도 모르는 것처럼

아무것도 아닌 것처럼

살아

발부터 젖는다 너를
생각하면

드들강 1
─강을 건너야 닿을 수 있는 곳

홍관희

사는 동안 건너야 하는 강이 몇 개나 되는지
알 수 없지만
5분 거리에 있는 남평역에 닿으려면
강을 건너야 한다

강을 건너고서야 닿을 수 있는 곳이
남평역만은 아니다

채 1분도 걸리지 않는 거리에 있는
너에게로 가 닿기 위해서도
강을 건너야 한다

나는 지금 너에게로 가는 중인데
너에게 가 닿기 위해
이제껏 건너온 강만 해도
헤아릴 길이 없다

판

김학중

아내는 숙소를 집이라 불렀다

아내의 말을 따르자면
판 위에 숙소를 삼은 오늘은
판도 집이었다

집이 다만 하나의 판이라니
조금 서글프기도 하지만

우리가 묵어 온 모든 자리가
서로 다른 장소였다 할지라도
단 하나의 집이라고 생각하니 따듯했다
그 온기가 지나온 숙소를 이으면
하나의 판이 될지도 모르겠다

어떤 과학자는 우리가 사는 이 땅이 사실
액체 위에 떠 있는 판과 같아서 끝없이 움직인다는데
그렇다면 아내와 나는 이 판의 진실을 살아내는

집의 가족이 아닐까

그녀가 하루의 노동을 마치고 잠드는 곳에
나 또한 이미 도착해 있다는 느낌

밀가루 반죽이 한편에서 숙성되는 시간으로는
아무것도 가늠할 수 없으나
나는 잠시 하나의 판에 몸을 맡긴다
그러곤 집이라는 거대한 판의 이미지를 덮고 잠든다
지금은 그 이미지의 이불을 함께 덮는 우리이겠으니

다음은 늘 간단하다

우리에게 찾아오는 이튿날을 이어 나가는 것이다
일어나
커다란 빵 반죽에서 알맞게 떼어낸 빵들을 오븐에 넣
을 뿐이다
여러 개의 판에 담아

층층이

빵이 오븐에서 알맞게 부푸는 동안
열기를 견디는 빵 아래 판도 은밀하게 익어 갈 것이다

그곳이 어디든 판이 있는 곳이면
우리가 짐을 풀어 둔 집이 있다.

낙안댁

이종수

저수지를 내려다보는 산기슭 납골당 항아리에
어머니의 아버지, 어머니, 오빠 둘, 남동생이 있다
인동 장씨 낙안댁, 어머니
잎새주 한 병에 쌀과자 한 봉지 들고
울멍울멍 연두의 납골에 오른다
목욕탕 신발장처럼 번호 붙여
모신 인동의 이름들
이제 혈혈단신 남은 어머니
잎새주 한 잔에 바랄 건
한 가지
아버지, 어머니 기침 좀 멎게 해 주세요

악머구리처럼 떨어지지 않는 기침만 아니면 지금이
라도
휠휠 날아가실 것만 같은데
나는 어쩌지도 못하여
어머니 손에 얼른 동백 한 첩 쥐어 주었다

고양이였다고 할 수는 없다

정정화

두 귀가 먼저 열리면
장미 가시가 뒤덮은 저녁은 낮아진다
고양이였다고 할 수는 없다
잎사귀도 없이 여름 창문은 무성하고
무성하게 지나가는 소리는
지나가고
지나가는 것이니까
지붕이 없으니까 장미가 없으니까
가시는 두 귀에 가려 보이지 않는다
고양이였다고 할 수는 없다
말을 하고 말았으니
고양이였다고 할 수는 없다

절

박남준

푸른 바다가 들어와 머물기도 했지
발목을 빠져나간 늙은 양말이 눈에 밟히며
애써 이룬 수평을 흔들었다
젊고 뻔뻔한 후회가 스치며 혀를 깨물게도 했네
여기까지는 얼마나 흘러왔는가
지문을 찍듯 엎드려
낮고 겸손한 바닥을 몸에 새기는 것만이
절은 아닐 것이다
절은 할수록 절로 늘어
뼈마디마다 불꽃을 피우고
육탈 같은 다비가 일어나기도 한다
꽃잎의 주소를 따라가면 환해지고는 했지
강가에 나가 꽃배를 띄웠다
일상이 간절해야지
점점 작고 가벼워져
꽃배를 타고 건너가야지

비를 틀어 놓고

비를 틀어 놓으면
몇 개의 주파수가 생긴다

오래전에 죽은 애인이 다이얼을 돌려 내게 맞춰 왔다
잡음이 들어가고 소리가 찌그러졌으나 이내 빗줄기 사
이로 전파가 흩어졌다

남극이나 북극 같은 곳에서
라디오를 틀면 어떤 소리가 들릴까
신호는 바로 얼어 버리고
빙하 속엔 셀 수도 없는 헤르츠가
갇혀 있을 것인데

어느 나라에선 빗소리 틈에서
씨앗들이 발아하고
수생 식물들이 자란다고 한다

비를 틀어 놓으면 반나절쯤은 꿈과 생시가 서로 뒤바

꾸기도 한다 섭씨들이 연결을 시도하면 태어나는 중이
거나 목숨이 할당되는 중이라고, 또 한바탕 비 내리는
소리를 서둘러 잠그는 것이다

단절된 사람을 기억하는 것과 기념하는 일은
한 사람을 구축하는 데 드는 광역대에
접속하는 것이라는데

이중창을 오래 들여다보면 마주 보던 입김으로 급히
써 내려간 모호한 흘림체가 남아 있다 잠재된 예각이 둔
각으로 열릴 때까지 지저귀던 입술들

안부를 묻는 방향이 바뀔 때마다
빗소리가 새 주파수를 튼다
그런 날씨면 나는 무방비로 노출된다

터널

이영옥

밝은 날을 출구에 걸어 두고 굴속으로 들어갔지

어둠보다 더한 어둠이 되어

내 안에 시커먼 굴을 파고 들어온 너를 지나가려고

빛이 열리는 쪽으로 고개를 돌렸다

퇴화된 다리를 놓아주고 날개를 달아야지

어두워서 더 잘 보이는 모습으로

더듬거리며 되돌아갔던 밤에게 작별을 고해야지

점점 밝어지는 쪽으로

피어나는 쪽으로

미처 발을 빼지 못한 발에게서 구두를 벗어 주고

지나왔다고 생각하면 지나온 것이 되었다

반달

전윤호

밤은 깊고 바다로 가는 길은 멉니다
불 꺼진 집들이 더 많은 마을
반달 하나 떠 있는데
나를 기다리는 집은 파도 속에 있습니다
오늘도 밥 한 술 뜨자고 많이 걸었습니다
헌 채권 사러 다니는 남자처럼
낡은 가방에 후줄근한 바지가
자꾸 밟히는 날들
외투를 벗고 신발을 가지런히 놓은 등대가
반짝입니다
누구의 방파제도 되지 못한 사내 앞에서
아비 없는 아이들이 불꽃놀이 하는 밤입니다
태풍이 오려는지 갈매기 낮게 나는데
밤은 깊고 바다로 가는 길은 멉니다

우리가 모여서 우리들

라이터 불에 영혼을 그을리며 서로를 소모하는 우리들

괴물이 되지 않으려는 노력을 게을리하는 우리들

눈치게임과 치킨게임을 잘 구분하지 못하는 우리들

여름에 헤엄치다가 겨울이 되어서야 나오는 우리들

연기에 가려 얼굴이 보이지 않는 연인에게 키스하는 우리들

단 한 번의 실수에도 의미 부여 하는 우리들

빛과 빚 사이에서 서서히 말라 죽어 가는 우리들

정신 승리를 거듭하다가 몸은 패배하는 우리들

백날 말해 봐야 소용이 없어서 아무것도 안 하는 우리들

용기가 없는 사람은 괜찮지만 약한 사람은 불편한 우리들

진작에 말하지 않아서 언제나 준비가 안 된 우리들

나무 아래에 서 있으면 바람에 흩날리는 우리들

잠시 동안 혼자가 아닌 것처럼, 우리들

가장 희미해진 사람

김미소

1

엎질러진 사람의 붉은 윤곽, 페트병을 열면 공중으로 솟아나는 병뚜껑의 악력, 방치된 소변을 흘려보내고 허무처럼 투명해진 빈 병과 불투명한 병명, 오래 바라보았을 벽을 생각한다 벽은 불러 보고 싶은 이름일까 회한(回恨)일까 창은 바라보기 위한 도구가 아닌 걸까 번개탄을 태우고 잠에서 깰까 칼 한 자루를 옆구리에 놓아두었던 당신, 육체를 해체시키면 고립은 오래도록 녹아내린다 환상통은 지속되고 식도는 관(棺)이 되어 벌레를 받아들인다 어둠을 밀어내며 벌레는 무럭무럭 자란다 슬픈 부위를 갉아먹고 한 사람의 얼굴을 지운다

2

나는 괜찮습니다 흐린 날의 바깥을 상상하는 것이 좋습니다 비의 발걸음이 분주해지기 때문입니다 모래 위에 꾹 눌러쓴 이름이 흩어지던 것을 기억합니다 바닥이 씻겨 내려갈 때 우리가 묻어 둔 조개껍데기의 무늬가 선연합니다 빗속에서 꺼억꺼억 울었습니다 비를 껴안으

며 잊히는 사람의 얼굴을 깨진 거울처럼 맞추어 봅니다 틈이 많아지면 운동을 멈춘 사람 같습니다 뼈의 공백은 채울 수 없는 무덤, 사람의 부재가 그렇습니다 손이 닿지 않아 커튼을 치지 못했습니다 무기력한 목덜미에 햇살이 내려앉았습니다 오래도록 열기를 느꼈습니다 우는 장면이 들키지 않도록 얼굴이 녹아내리는 꿈을 꾸었습니다 가장 희미해진 사람에게 오래도록이라는 말이 더는 슬프지 않았으면 좋겠습니다

4부

한 발 나갔다가 두 발 물러서는 사랑

두절 가자미

정용기

머리 없어도 찾는 사람 꽤 많아요.
머리는 귀찮고 거추장스럽거든요.
때로는 머리 때문에 곤경에 빠지고
지끈지끈 골치를 앓기도 하거든요.
머리가 없어도 즐거워요. 머리가 없어서 행복해요.
쇼핑 꾸러미와 기름진 저녁 식탁만으로도
내 삶은 때때로 성공적이거든요.

기꺼이 칼을 받고 가자미 노릇 미련 없이 버리기로 했
어요.
육질마다 새긴 파도의 기억 잊기로 했어요.
바다의 수심을 그리워한다고 누가 밥 먹여 준답디까?
환상통이라니요, 그런 망령된 감각 이상은 없어요.
좌판에서 꼬질꼬질하게 삭아 가도 뿌듯해요.
가성비 괜찮으니 누군가는 찾아 주거든요.
검은 비닐봉지에 담아서 나를 모셔 가거든요.

이제부터 나와는 연락 두절이랍니다.

마감 시간

고선주

더 머물고 싶은데
오늘, 끝났습니다
내일, 또 올까요
외치는 소리가 들리자 마자
초조해졌다
가방을 싸기 시작했다
늘어놓은 마음과 멍과 졸음을
주워 담았다
하품이라는 놈은 기어코 삐져나갔지만

마음대로 잘 담아지는 법은 없다
그러니 그대의 마음까지 담아내는 네게
경배 아닌 경배를 했다

몸은 일어서는 것을 외면한 채
딱딱하게 굳어 버렸다
버팅길수록
경비 아저씨의 목 핏줄은 곤두선다

얼른 나가,
너 때문에 퇴근 못 한다
갈 곳이 없는데
가슴이 마구 뛰었다

풍경

서하

못둑길에 산딸기, 볼이 쏘옥 들어가도록 빨아 당긴 담뱃불 같다

길 가던 노부부가 신기한 듯 들여다보는 산딸기, 할아버지가 풀숲 헤치며 성냥불 긋듯 미끄러져 들어가 "오만 손길이 다 댕기갔네" 하나씩 따 모은다

오므린 손바닥에 따 모은 산딸기, 바알간 불덩이를 할머니 입으로 하나씩 밀어 넣어 주며 "맛이 어떻노, 어떻노?"

할머니 볼 발갛게 불붙어 탄내가 솔솔 난다

벌레

해가 뜨지 않는 날이다
내 가문은 현기증을 물려받았다
높은 구두 속에 살고
이런 날엔 무릎이 시리다
나는 물이 차서 더 이상 튀어 오르지 못한다
햇볕을 긁어 먹는 아침

검은 안개가 떠도는 내 안에도
빌어먹을 벌레들이 모여 산다
지들끼리 몰려다니며
서로 얼굴을 비비며 체온을 조절하고
자꾸 부풀어 오른다
나는 내 안에 살고 있는
가장 따뜻한 벌레를 알고 있다
한 번도 본 적 없는 슬픔처럼
몸을 구부리고 있다
슬픔이 벌레처럼 따뜻한
나의 집엔

허리가 가는 벌레들이
다정하게 몸을 구부리고 자고 있다
입을 벌린 채

마스크팩의 여유

최명진

아내와 싸웠다 아내는 지쳤다 예민하다는 말에 예민
해 주고받다 보면 왠지 내가 궁지에 몰리는 느낌이지만
잘못이 늘 그 잘못이지만

무더운 여름날들 찜찜한 몸으로 텁텁한 입으로 동화
책 몇 권 읽어 주고 슬그머니 자릴 뜨려고 하면 목덜미
잡고 매달리는 아이

나도 종일 일하고 온 사람인데 어제는 쉬는 날이라 냉
장고 청소도 하지 않았나 씩씩거리며 안방으로 갔다

침대 위 웃음기 하나 없는 얼굴의 아내가 뻣뻣하게 목
을 굳힌 채 일자 모양 자세로 누워 있었다

뒤로 나아가는

나는, 물 같은 시를 쓰고 있는가, 물속에서, 발을 동동 구르는가, 여름을 이루는 단단한 순간들을 나열하는 사람인가, 서열을 가르는 사람인가, 늪에 빠진 왼발을 위해 기꺼이 오른발마저 빠지는가, 아름다운 것을 가리킬 줄 아는 여섯 번째 손가락이 있는가, 그것을 새길 수 있는 뾰족함을 가지고 있는가, 모서리를 밟는 발가락이 있는가, 문 워크를 할 줄 아는가, 한 발 나갔다가 두 발 물러서는 사랑이 있는가, 터진 주머니 속에서 굴러 나온 동전을 줍기 위해 자세를 낮추는가, 굴러가서 도착할 곳이 있는가, 꿈에 꽃을 보는가, 사과를 깎으면서 뼈를 깎을 수 있는가, 무를 자르면서 두부를 생각하는가, 끌고 가는 꼬리를 자를 수 있는가, 궁핍을 위한 궁리를 하는가, 불에 그을린 냄비처럼 생활이 묻어 있는가, 뒤집힌 양말처럼 다시 뒤집을 혁명이 있는가, 나는, 시를 쓰면서, 귀와 눈과 코와 입술이 뚜렷한 입체적 사랑과 구체적 결말을 예견하는가, 이 모든 눈송이를 뭉쳐 질문처럼 던질 수 있는가, 나는

그대의 앉은 자리에 내가 앉아 있고

박래빗

나는 앉아서 그대를 생각하네 그대 생각을 하는 내가 앉아 있고 그대는 없지만 그대 없는 이 자리에 그대가 있다는 생각의 자리가 있네 원두는 물방울을 타고 칙칙 날아오르고 그대 앉은 얼룩진 의자에는 쏟아진 그대의 안경들이 듬뿍 있네 우리 또 운명같이 만나면 이번에는 그냥 또 스쳐 갈 것인지 둘 중 누군가가 먼저 목소리를 낼지 여러 생각 말고 여러 의자 말고 그저 조용히 앉아서 생각을 하는 우리가 있네 어쩌면 처음부터 둘이었는데 둘을 알지 못하고 또 지나치기만 한 시간이 있었네 그 의자는 알고 앉아 있을 것이고 앉아 생각을 짓고 있을 것이라네 서로에게 쌓인 날들이 원두처럼 볶아지고 있을 때처럼 헤어짐이 결코 헤어짐이 아니라는 것을 원두의 껍질이 닳아지지 않는 것같이 아무런 이별도 아닌 또 만나고 의자처럼 본 세계를

좁교가 간다

이경교

좁교란 이름은 종교와 비슷하지만, 경교와도 같은 돌림자다 물론 좁교는 내 동생이 아니다 네팔 산간 오지 야크와 물소의 튀기가 좁교다 좁교는 평생 일만 하도록 만들어진 노동 기계다 노동 기계? 그럼 좁교는 정말 나를 닮았나? 좁교는 번식을 할 수 없는 돌연변이다 짐을 산처럼 잔뜩 싣고 저기 좁교가 간다 좁교는 사랑을 위해 사는 게 아니다 순한 눈망울 굴리며 거친 숨 내뿜으며 좁교는 일만 하다가 죽는다

왜 좁교는 하필 나와 같은 돌림자인가 그런데 그게 무슨 상관인가 하지만 어느 땐 내가 짐을 잔뜩 지고 산비탈을 오른다 나는 좁교가 아닌데 어깨가 무겁다 짐도 지지 않았는데 숨이 차다 좁교는 핏줄처럼 내 곁에 붙어 있다 좁교는 꿈길까지 나를 따라다닌다 좁교는 들리지 않는 내 울음이다

저기 내가 울면서 비탈길을 오른다 무게에 짓눌려 어깨가 휘었다 눈물 그렁그렁, 좁교의 슬픈 눈이 나를 바

라본다 내가 줍교를 보며 눈물을 흘리듯 줍교는 나만 보
면 운다 우리의 눈물은 투명하게 번져 서로의 볼을 적
신다

머그샷

안지은

검푸른 까마귀 까뮈는 장마철에만 나타난다. 나는 그를 단번에 알아볼 수 있다. 까마귀 중에서 가장 크고(거의 들개와 맞먹는다) 희번뜩한 눈을 가졌고(호박색 보석 같다) 날지 못하기 때문에(이건 나도 마찬가지). 하지만 날개를 활짝 펼칠 줄 안다. 날개를 펼치며 걸을 때 마뮈의 망토가 펄럭이는 것처럼 보인다고들 하는데(나는 마뮈를 본 적이 없고 이방인은 읽었다), 그것과 무관하게 창문 밖에는 전봇대가 무성하다. 전깃줄 위에 까마귀들이 저마다의 높낮이로 앉아 있다. 비가 쏟아질 때 창문 밖을 보면 거대한 악보 같다. 블루스도 아니고 재즈도 아니고 lo-fi에 좀 더 가까운 듯한데(까마귀들의 음표와 빗소리는 확실히 내겐 음악은 아니다) 까뮈는 그 풍경의 가장 중심에서, 땅에 홀로 서 있다. 장마가 시작될 때 까뮈는 낯선 자가 거리를 배회하는 것처럼 천천히 걸어서 창문의 정중앙에 자리한다. 날개를 펼치면 비의 시작이다. 쏟아지는 빗속에서 까뮈는 눈을 감는다(까마귀의 눈감음이 퍽 감미롭다 음악을 아는 자인 게 분명하다). 동이 트고 아침이 와도 밖은 컴컴하고 불현듯 빛이 느껴져 고개를 들면 번쩍이는 까뮈의 안광(그는 나를 응시한다). 나는 창문을 통해 그를 바라본다. 그는 창문 따위를 신경 쓰지 않는다. 오직 나를 본다. 나는 슬그머니 눈 감는다(나는 나의 범인이다). 누가 저자를 까마귀라 하는가?

엄마는 꽃등을 달고
—모롱지 설화·23

정동철

봄이 오면 꽃찰메 한가득 진달래가 피었지
해 질 녘 밭일 마치고 돌아오는 길
행주치마를 앞에 두르고 꽃을 땄지

옴마, 진달래꽃은 머다로 따요?
느가부지 술 당궈 줄라고 따지

따고 또 따도 꽃은 지천이고
지천이 꽃밭인데 엄마는
벌써 저만치 앞서 가서 꽃을 따고
쫓아가면 또 저만치 앞서 가서 꽃을 따고

맨날 술 많이 먹는다고 잔소리하던 울 엄마
저물도록 힘들게 일하고
꽃을 따서 술 담그던 그 마음 알 수 없는데

해 떨어진 꽃찰메 저쪽 끝에서 꽃등을 달고
꽃무덤이 되어 걸어오던 우리 엄마

엄마 생각 꽃처럼 차올라
꽃찰메라는 서러운 말을 떠올리는 밤

엄마는 진달래 분홍 꽃무덤이 되었지

가파도

섬 속의 섬이라 했고
키가 가장 작은 섬이라 했다

낮은 지붕에서 산 사람은 무덤도 낮아
하늘 아래 목숨 내놓는 일 또한 여여하다 했다

배가 섬의 옆구리에 우리를 내려놓듯
옆 사람이 내게 닿아 신발을 벗는다

맨발로 바닷가를 걷다가
앞에 보이는 섬 하나를 가리키며
나도 저런 섬이 될 수 있을까 물었다

여기 앉아 봐

치마에서 도깨비바늘을 떼 주던 사람이
손바닥을 펴 오래 쥐었던 섬을 보여 준다

섬 속의 섬에 든다는 것은
가슴에 돌멩이 하나 매다는 일이라 쉽게 바라볼 수
없었다

해안가의 돌멩이들이
벌겋게 솟구치던 때를 기억하는지 잠시 붉었고

낮은 무덤 하나가
지는 해를 데리고 들어갔다

무릎걸음이 생기는 가파도였다

꽃멸치

이영종

누가 미리내를 만졌는지
별바다가 쏟아진다 섬 향은 캄캄할수록 기세 좋게
벋어 올라 별의 혀를 휘영청 밝힌다 키스를 하고 싶다

잘 차려입고 속눈썹으로 물녘을 먹먹하게 두드린다
부두에 내리는 희극의 그림자를 그리는 줄 아무도 모
른다

죄지은 듯 몸을 말고 살았다 햇살 바통 떨어트리지
않고 달리기 위해 틈의 흉터에서 앓았다

내놓고 치라고 슬픔이 밖에 나와 있는 걸 안다 마음
에 두었던 색을
허리에 매고 나아갈 쪽 반대를 치겠다

먼 곳에 홀로 있다고 생각한다 교과서는 온통
낯선 언어로 가득하다 고양이 수염을 아직 버리지
못한

메기의 말이 색다르다 꽃다운 향기처럼 아무 방향이
나 가도 좋다

이방인 놀이는 곧 끝날 것이다 가냘프고
야무진 죽음에게 불려 가듯 날씨에 흐르는 인사말로
돌아가야겠다

흠이라는 집

상처라는 말보다는
흠집이란 말이 더 아늑하다

마음에, 누가 허락도 없이
집 한 채 지어 놓고 간 날은
종일 그 집 툇마루에 걸터앉아
홀로 아득해진다

몇 날 며칠
부수고 허물어낸 빈터에

몇 번이고 나는,
나를 고쳐 짓는다

아버지는 뭐 하시니

오성인

새로 학년이 시작되고 담임 선생은
가정 실태조사서를 내일까지
반드시 작성해 오라고 당부했다

그런데 어떡하면 좋을까

연일 아버지는 술에 취해 있고
일터에 나간 엄마는
자정이 가까워서야 돌아오는데

난처한 내가 직접 설문에 응하자

너 아버지가 돌아가셨냐 아니요
그런데 왜 선친에 체크를 해 놨니
부모님이 작성한 거 아니지, 아버지
직업에 도인은 또 뭐고 돌아 버리겠다

핏대를 세우며 다그치는 담임에게

아버지는 집에서 공부하다가 영
풀리지 않아서 잠깐 쉬는 중이고
엄마는 에어컨 부품 만드는 공장에
나가 있어요 가끔 불교 서적을 읽는
아버지는 스스로를 죽은 몸이라고 말해요

하지만 담임 선생은 듣지 않고 늦은 밤
전화로 관리가 필요해 보인다고 했다

설문에 다시 응답하면서 엄마는
문제없다고 말했다

안온한 밤이었다

신년 계획

이호석

세밑에 신년 달력과 다이어리를 받았다. 애초에 나와는 어울리지 않는 희망이었다.

송년회가 파하자 허세와 불안만이 덩그러니 남는다. 그들은 돌아갈 빙판길을 두고도 눈꽃처럼 웃거나 구세군 종소리처럼 떠들었다. 결국 모두 구겨진 지폐처럼 택시에 담겨 사라졌다.

오지 않을 미래가 모의되고 그것을 사람들은 계획이라고 불렀다. 신년과 계획은 마지막까지도 어울리지 않았다. 오늘 밤도 어디서, 누군가는, 눈사람처럼 앉아 다이어리에 실존적 의지를 기록할 것이다. 밤새 소복이 내리는 눈처럼, 가련한 애도의 몸짓으로 세상을 덮을 것이다.

신과 대결했던 사나이 이야기를 생각한다.
미래는 영원히 만날 수 없어요 만날 수 있다면 더 이상 미래가 아니니까요 지금, 여기에서 두 발을 딛고 걸어

가세요 주저앉거나 쓰러지지 말아요 제발 일어나세요

이제 나 홀로 미래가 없는 세상으로 걷는다. 이태원 골목길은 오늘도 추워. 우리는 언제쯤 빠르지도 느리지도 않은 봄날의 걸음걸이로 너에게 가닿을 수 있을까.

〈죽은 왕녀를 위한 파반느〉에 맞춰 죽음의 발걸음을 한 발씩 내딛는다.

끝이 있는 것들은 죄다 계획적이지.

어쩌면 우리가 그토록 시간을 흘려보낸 이유도 끝을 염원한 마음이었을까. 끝이 없는 일에 대해서 우리는 감히 기록할 수 없을 테니까. 영원을 향한 죽음처럼 나를 살아 있게 만드는 것도 없으니까.

추격*

물 북을 두드리는 물소 떼

평원에 달려든 음표들이 강으로 뛰어들고 있다
지평선은 멀리에서 입술을 꼭 닫고

이글거리는 건반 위로 포복하는 사자 무리들
물소 떼의 발걸음에 숨을 고른다

다리를 다친 새끼 물소는
악보를 이탈하고
속수무책
사자의 이빨에 걸려든다

긴 울음을 악보 밖으로 쏟아붓는 어미 소

성난 눈빛으로 햇빛을 들이받는다
제 새끼를 악보 속으로 밀어 넣으려는
핏발 선 추격

건반 위로 질주하는 발자국
음표들이 뛴 다 뛴 다

새끼 물소 눈망울에는
탄자니아 붉은 노을이
그득히 차오르고

건반
하나
푹
쓰러진다

* 쇼팽의 피아노, Etude Op.10 No.4 〈추격〉

광안리 1

강나무

낯선 방에서 서로가 가져온 짐을 펼쳤다
어떤 건 쓰임새가 겹치고 어떤 건 생소했다
그가 가져온 치약을 칫솔에 담뿍 짜 주었다
한번 써 보라는 말에 정말 한 번인 것처럼 오래 이를
닦았다
입 안 가득 몽글몽글 차오르는 거품 때문에
우리는 알아듣지 못할 말을 하며 웃었다

키스를 끝낸 입술과 혀는 할 일을 다 한 듯 봉해져 선
반 위에 올려졌다
침묵은 차가웠고 깜깜한 밖이 더 안온해 보였다

하루살이가 하루 살고 죽는 이유를 알아?
성충이 되면 입이 없어지기 때문이래

그는 영화를 보다가 소파 밑에서 혼자 잠들었다
갑자기 늙어 버린 얼굴에 오래전 퇴화한 입의 흔적이
옅게 보였다

저녁 바다에 수만 개의 검은 보자기들이 출렁였다
나는 날이 환해질 때까지 보자기 하나하나를 집어서
우리가 가 보기로 한 산책길과 헌책방, 카페와 밥집
들을 덮었다

할 말이 없었던 건 아니었다
꼭 할 말이 있었던 것도 아니었다

하루를 살고 우리는 광안리에서 죽었다

소낙비와 사과꽃과 옥수수 대궁

김남극

수런거린다
비는 파산처럼 오다가
쉰다
사과꽃이 낭자하다
비는 다시 폭격처럼 내리다가
뻐꾸기 울음처럼 쉰다
몸을 웅크리고 앉아
근엄하고도 근엄해
세상 힐난 쯤 감수하겠다는
옥수수 대궁을 보는데
비는 긋는다
빗금이 지우는 풍경 속으로
봄빛이 말라 간다

허공은 힘이 세다

고찬규

한 점,
점으로 박혀 있는 벌레에게
잎사귀는
완벽한 한 세상

한 점,
점은 구멍이 되어
점점
잎사귀는 벌레 속으로
점점
벌레는 잎사귀 속으로

속절없이 녹음 우거지는
한여름 한낮
벌레도 잎사귀도 간데없고
맴맴
허공만 맴맴

아궁이였음 좋겠네

오늘 저녁 나는 쇠죽 끓이는 아궁이였다
내 발가락도 양말을 뚫고 나와 쩔쩔 끓는 아궁이를
온몸으로 읽었다
저녁을 꼼지락꼼지락 간질였다
이윽고 밤이 내린 지붕 아래에서
빛나는 것만 찾아다닌 양성 주광성의 나를
방 안에 눕히고
키우는 콩나물이 자라는 소리를 들었다
푸근하고 정다운 것들은 어둠 속에 있어서
어둠이 아니라면 기댈 곳이 없어서
나 어두컴컴할 때부터 또 군불 지피고 그윽해졌다
어둠이 내 안에 들어와 번들거리는 낯빛 밀어내고 있
었다
마침내 어두워져서
한 천년 고요한 표정으로 남을 것 같았다
내생의 밤도 아궁이였다가
다음 날 새벽에도 아궁이로 깨어났으면 좋겠다
반농반어의 어느 섬마을에서

아이들이 모여들어
고구마와 꼬막을 구워 먹었으면 좋겠다
어느 날부터는 마지막 쇠죽을 끓이기 시작하여
소와 함께였던 저녁을 완성하여
그 어느 날인가 까무룩 속 불을 끄고 싶다
마지막에는 몹시 고단할 것이다
쏟아지는 잠을 고요히 받아들여
내 눈꺼풀에 소복한 먼지 쌓이리
누군가가 가난을 숨기려고 또 물을 안친다
나는 아직 나를 위하여 더운물 한 방울 쓰지 않았다

미역 한 타래

김창균

미역에는 귀가 있다
심해의 소리까지 들었다 놓는 귀가 있어
바람이 심할 때마다 몸은
또 다른 몸을 때리며 진저리 친다

흔들리는 귀는
가끔은 바닥에
가끔은 허공에
또 물속에 귓바퀴를 대고
몇 년을 살아낸다

소금기를 귓속에 묻으며
귀가 서서히 멀어지는 동안

바다 쪽으로 이마를 댄 어떤 집들은
처마에 가지런히 미역을 널어 말리며
서걱서걱 마른 몸으로 겨울을 난다

고양이를 기다리는 저녁

김경윤

기다림으로 마음이 붉어진 것은 참 오랜만의 일이
어서
처음엔 개복숭아 연분홍 꽃잎 흔들다 가는
봄바람 같은 것이라 생각하기도 했시만
그녀가 처음 다녀간 그 저녁의 자태와 밤공기에
바닷가 외딴집 적막한 일상은 일대 파문이 일어
마음 모퉁이에 기다림의 우거隅居를 짓고 말았으니

고적孤寂으로 양식을 삼고 살아가는 하루가 저물 때면
궁기와 허기를 걸치고도 당당했던 그녀가 궁금해지고
무슨 기약이 있었던 것도 아니면서 문득
마당귀 복숭아나무에 귀를 매단 마음이 자꾸
쑥국새 우는 숲속으로 소리의 길을 따라가자 하네

대저 기다림이란 마음 모퉁이에 꽃씨를 심는 일이어서
꽃 피고 지는 일에 희비喜悲가 엇갈리는 날들도 많았
지만
고양이를 기다리는 이 봄날 저녁엔 내가 먼저 꽃이

되어

  복숭아나무 가지 아래 비린내 나는 둥근 접시 하나
내놓겠네

개밥바라기

안성덕

어둑살보다 먼저 옵니다 검둥개 저녁 먹으라고 나옵
니다 저기 다가오는 사람이 밥을 줄 주인인지 저를 묶어
갈 개장수인지 두려울 녀석, 어서 가 안심시키라고 떴습
니다 이슬 차고 나온 사람들 허청허청 제집 찾이갈 때,
저기 저 기다리는 게 대문간에 꼬리 치던 녀석인지 사
흘 굶은 늑대인지 분간 못 할 때, 안심하라고 떴습니다

개밥바라기 뜰 무렵 사람의 마을에도 등불이 켜집니
다 식구들 어서 돌아오라고, 둘러앉아 밥숟가락 들자고
집집 밝힙니다 동구 밖에 검둥개 마중 나가듯 먼저 들
어와 마중불 환하게 둡니다 아득한 고향 집엔 어둑살보
다 먼저 저녁연기 피어올랐지요 가마솥 밥물 내 넘쳤지
요 날개 달린 것들도 개밥바라기 등대 삼아 제집에 날
아들었고요

164

쉿

함기석

오전에 시 창작 강의하고
오후엔 인문학 강연하고 아이들 동시 수업하고

소금에 절여진 초저녁 배추가 되어
짜장면으로 허기진 배를 채우고 있는데

쉿! 살 마른 노모처럼 노을을 수혈 중인
창밖 흰머리 이팝나무

하늘 뒤편 아득히 먼 우주, 태고의 시냇가에서
내 가슴 빈 마당으로 짜장 면발처럼

당신 팔다리가 쩌릿쩌릿 저려 오는 것이다

쉿! 어둠에 까맣게 물들어 가는 저녁의 입가

사람의 입은 무덤, 말을 많이 한 날
나는 내가 죽은 것 같았다

견인

휘민

그는 경찰보다 먼저
사고 현장에 도착하는 사람
하고많은 날 늘어지게 하품만 해대다가
누군가 중앙 분리대를 넘어서는 순간
앞뒤 안 가리고 무조건 달려가는 사람
전두엽에 타인의 불행을 좇는
내비게이션을 장착한 듯했지
날마다 피비린내를 끌어모으던
비 내리는 토요일 밤의 잠복근무자
가속 페달을 밟던 오른발이 꺾인 채
견인차에 거꾸로 매달려 가는

시작은 준비 다음에 오는 어떤 것
그러나 영원히 알 수 없는 미지
길 위에서 머뭇거린 날들은 모두 평일이었지

전조등은 언제나 불안의 방향으로 켜져 있다

걷는사람과 걷는 사람들

송진권(시인)

걷는사람과 걷는 사람들

송진권(시인)

뜬봉샘에서 시작된 강물은 수분리 마을을 지나고 무주 진안을 지나고 충북 영동을 거쳐 제법 큰 강물의 태가 나기 시작한다. 각지에서 나온 도랑과 시냇물이 합수되면서 나루를 만들고 철길과 다리를 만들면서 수레와 차가 다니고 물가에 사람 사는 마을까지 만들어 까치집처럼 둥둥산이로 지붕을 잇대어 집 짓고 돌담을 쌓고 사람들이 모여 산다. 그나마 자식들은 농투성이로 만들지 않겠다는 일념으로 마을 가운데 학교도 짓고 마을 회관까지 앉히고 제법 사람 사는 법도를 만들기 시작한다. 곳곳이 산이라 앞을 봐도 답답하고 뒤를 봐도 첩첩한 산골 벽지 내륙의 한가운데, 그나마 밭이라고 있는 것은 소도 쟁기를 끌다 구른다는 비탈이고 팔밭(화전밭)이라 논이라고는 손바닥만 한 하늘바라기 천수답뿐인 궁벽한 곳에서 나는 태어났다. 이 척박한 땅에서 굶어 죽지 않고 살아 보려고 눈만 뜨면 풀 방구리 쥐 드나들듯 뭐라도 물어 들여야 살지, 밥 먹는 입들 무섭다고 사람들은 해 뜨기 전부터 해지고 난 뒤까지 몸뚱이 가루가 되도록 일을 했다. 어떻게든 새끼들만은 무골

충이로 살지 말라고 어미나 아비는 한 몸 거름 되어 새끼들 밑으로 고스란히 밀어 넣고도 모자라 대대로 이어 온 전답까지 팔아 새끼들 밑에 거름으로 밀어 넣었다. 지금에 와서야 태생이 뭐 그리 중요진 않으나 시골에 눌러앉은 나는 곳곳의 자연 부락들과 무슨 무슨 '골'이나 '티', '미'로 끝나는 이름을 가진 자연 부락들의 내력을 굳이 일러 주지 않아도 안다. 다들 사는 형편이 비슷비슷하고 살아온 환경이 같았으니 가난한 게 뭐라는 것도 잘 몰랐다. 여름이면 강가에서 다슬기 잡고 물고기를 잡으며 눈만 하얗도록 검게 그을리며 놀고 겨울이면 온 산을 헤매 다니며 토끼나 노루를 쫓던 유년 시절을 나는 보냈다. 강물과 가깝고 산속에서 어린 뼈를 키워 왔으니 당시엔 몰랐으나 지금에 와 생각해 보면 복된 유년을 누렸다고 할 수 있다.

어쩌다가 시의 길에 들어섰지만 오래 묻혀 살다 보니 일 년이 가도 시 한 편 발표하기 어렵고 시집을 내기는 더욱 어려운 일이어서 이러다 잊힌 시인이 되는 건 아닌가, 아니면 시인이라는 타이틀을 깨끗이 반납하고 생활인으로 돌아가 생업에 매진해야 하는 건 아닌가 싶을 때였다. 매일매일 다람쥐 쳇바퀴 돌듯 출근하고 퇴근하고 반복되는 삶에 지쳤을 때 '걷는사람'에서 시집을 내 보

자는 제안을 받았다. 반신반의하며 그래 보자고 했고 그
동안 써 두었던 시들을 추려 보냈다. 재교, 삼교본이 몇
번 오고 가고 계약서가 오가고 『거기 그런 사람이 살았
다고』가 걷는사람 시인선으로 나왔다. 첫 시집과는 7년
이나 터울이 지는, 한참이나 늦된 시집이었으니 참 감개
무량했다. 초판본이 내 손에 쥐어졌을 때의 새 책에서만
느낄 수 있는 잉크 냄새와 빳빳한 종이의 질감을 지금도
잊지 못한다. 푸른 바탕에 주황색 무늬가 있는 초판본
시집의 디자인은 내가 보기에도 심플한 것이어서 파격
이 느껴졌다.

    소가 나를 찾아온 밤엔
    마음이 들썩여 잠을 잘 수가 없네
    뿔에 칡꽃이며 참나리 원추리까지 꽂은 소가
    나를 찾아온 밤엔
    자귀나무처럼 이파리 오므리고
    호박꽃처럼 문 닫고 잘 수가 없네

    아이구 그래도 제집이라고 찾아왔구나
    엄마는 부엌에서 나와 소를 어루만지고
    아버지는 말없이 싸리비로 소 잔등을 쓰다듬다가
    콩깍지며 등겨 듬뿍 넣고 쇠죽을 끓이시지

170

소가 우리 집을 찾아온 밤에는

밤새 외양간에 불이 켜지고

마당도 대낮같이 환하게 밝혀지고

그래도 제집이라고 찾아왔는데 하룻밤 재워 보내야 한

다고

얼렁 그 집에 소 여기 왔다고 소리 하라고 기별 보내고

웃말 점보네 집에 판 소가 제집 찾아온 밤엔

죽은 어머니 아버지까지 모시고

소가 나를 찾아온 밤엔

마음이 호랑나비 가득 얹은 산초나무같이

흔들려서 잘 수가 없네

잉어를 잡아다 넣어 둔 항아리처럼

일렁거려 잘 수가 없네

— 졸시 「소 꿈」 전문

(시집 『거기 그런 사람이 살았다고』)

어렴풋함이나 어슴푸레함, 희부윰의 시간이었던 것
같다. 그 소가 걸어 들어왔다. 그 소는 지네 뿔에 발굽이
크고 눈망울이 선했고 송아지까지 데리고 있었다. 워낭
소리가 들렸는지 어땠는지는 모르겠다. 어머니가 아프

고 아버지는 타지로 돈을 벌러 가야 해서 소를 더는 먹일 수가 없다고 했다. 내가 어릴 때부터 우리 집에서 나와 같이 자라서 송아지를 낳아 주고 우리 전답을 다 갈아 주던 고마운 소였는데 나도 집을 떠나 외지에 있을 때라 아픈 어머니 혼자서는 소를 돌볼 수가 없어서 전부터 우리 소를 탐내던 점보네 집에 팔았다. 순하고 일 부리기 좋아서 누구나 탐내던 소였는데 그 소가 뚜벅뚜벅 옛날 집 마당으로 걸어 들이왔던 것이다. 소를 팔던 날 어머니는 부엌에서 미안해서 울었고 아버지는 손수 고삐를 쥐고 그 집에 끌어다 주고 왔다. 그런데 그 소가 들어온 것이다. 꿈인 듯 꿈속 아닌 듯 걸어 들어온 소는 그렇게 우리 부모님까지 모시고 내게 돌아온 것이다. 이렇게 케케묵고 고리타분하고 전근대적인 이야기가 『거기 그런 사람이 살았다고』에는 많이 담겨 있다. 홀시아버지를 평생 모신 며느리 이야기나 올뱅이 잡아다 팔아 아들딸 키워낸 동네 아주머니 이야기, 시장에서 나물 장사하다가 돌아가신 할머니 이야기는 시대에 한참이나 뒤떨어져 어디 생활사박물관에나 전시될 법한 이야기들이다. 내가 하지 않으면 묻혀 버리거나 잊힐 이야기들이다. 세상은 변했고 사람들도 변했다. 그렇지만 누군가는 이 이야기들을 해야 하고 기억해야 하지 않을까 싶었다. 그리고 내겐 들려줄 이야기가 많이 있었고 머릿속은 하고 싶은 이야기들로 들끓었다. 출판사로서도 적잖은 모험이었을 줄 안다. '걷는사람'도 이제 막 신생 출판사로 알을 깨고 나오는 시기였고 더구나 검증되지 않은 신인이나 마찬가지인 내 시집을 내기까지 고민을 했을 테지만 '걷는사람'의 결단력과 용기가 아니었다면 『거기 그런 사람이 살았다고』는 세상에 나오지 못했을지도 모른다. 이후에도 계속된 '걷는사람' 시인선의 행보는 그야말로 우직했다. 나처럼 시골에 묻혀 있는 시인들을 발굴한 기획 '시골시인' 시리즈를 비롯해 복간본인 '다;시'까지 아우르며 '걷는사람'은 묵묵히 새로운 방향을 향해 꿋꿋이 걸어가고 있다. 위의 이야기는 내 이야기일 뿐이지만 다른 시인들 또한 저마다 시집이 나오기까지 나와 비슷한 고민을 했을 것으로 생각한다. 이제 100권째 선집을 마주하며 몇몇 시인들의 시를 일별해 본다.

길상호, 이소연, 김미소의 시

> 우울도 지그시 수압으로 눌러 놓고
> 텅 빈 눈의 유령상어처럼 떠돌다 보면
> 이따금 내려앉는 기억의 사체들
> 물컹한 살점이나 뜯으면서
> 시간의 색깔은 의미가 없다 했어요

그래도 목숨은 즐거움을 원해서
몸을 켰다가 껐다가 발광 놀이
죽음이 또 다른 죽음을 부르는 놀이,
암흑의 바다가 너무 익숙해져서
이젠 뭍으로 돌아갈 수 없다네요

— 길상호 「심해의 사람」 부분
(시집 『오늘의 이야기는 끝이 났어요 내일 이야기는
내일 하기로 해요』)

물에선 충분히 감당할 수 있던 무게가 물 밖으로 나오
는 순간 천근의 무게로 몸을 짓누른다. 유령상어의 유영
처럼 먹빛 배경으로 멍한 눈의 누군가 유영하고 있다. 너
무도 익숙해진 어둠에서 한 조각의 빛이라도 모으기 위해
기묘하게 눈이 커지거나 아니면 아예 퇴화하고 감각만 극
도로 발달한 심해어들의 무리가 시인이라면 너무 오버일
까. 숨을 쉴 수 없을 만큼 짓누르는 수압과 독방의 영어囹
圄, 그래도 목숨은 어떤 것에든 덧대고 살아야 하기에 몸
을 켰다가 껐다가 발광發光하고 순간적으로 섬뜩하고 예
리하게 발광發狂하기도 한다.

남은 단어들은 모두 물기 가득한 것뿐이어서, 옮겨 적
으면 그새 번져 버리고 말 것들이어서, 먹이 닳아 갈수록

174

밤의 꽃들은 귀퉁이가 짓무르고, 간신히 지어낸 문장은
마침표를 찍기도 전에 색이 변하고, 붓을 들어 몇 개 반짝
이는 별들을 지워 가면서,

— 길상호 「먹먹」 부분(위의 시집)

하지만 손이 닿는 순간, 한순간에
최면은 맥없이 풀려 버리고 말았어요
남은 건 방울새 눈망울을 닮은
물방울의 씨앗뿐, 꽃들이 지워지자
나무까지 줄줄이 녹아 흐르기 시작했어요

— 길상호 「물방울 숲」 부분(위의 시집)

물방울 숲에서 우린 모두 잊는다. 산 것도 죽은 것도
모두 잊어버린다. 혈육도 동기간도 연인도 잊는 지독한
망각이다. 살아 있다는 건 가끔 뻐끔거리는 아가미가 증
거할 뿐이다. 그가 표현한 물은 모두 형체가 없고 마음
이 없고 욕구가 없고 먹먹하고 어슴푸레하다. 꽃들이 지
워지고 나무들이 녹아 흐르고 사람이고 새들이고 모두
다 녹아 흐르는 이 유폐를 뭐라고 해야 하나. 발광해야
하리라. 그것이 발광發光이든 발광發狂이든 무엇이든 해
야 하리라. 아무것도 하지 않는다면 도대체 무슨 의미가
있겠는가.

나는 여섯 살에
철조망에 걸려 찢어진 뺨을 가졌다

철을 왜 바다 가까이 두었을까?

눈을 감고 바다를 들으려고
바람을 따라갔다
피가 나는 뺨을 받아 왔다

아무도 나를 병원에 데려가지 않았다
잠을 잤다 할머니 무릎을 베고
지린내가 심장까지 따라왔다

철을 왜 바다 가까이 둘까?
그 둔중한 말을 왜

그땐 왜 눈을 감지 않았을까?
무얼 가지려고

갈라지는 물
다시 아무는 물
꿰매지 못한 뺨

철을 바다 가까이 두는 게 더는 이상하지 않았다
― 이소연 「철」 전문
(시집 『나는 천천히 죽어갈 소녀가 필요하다』)

　이소연과 김미소의 시들은 아픔과 상처가 뒤범벅되고 아우성치며 일렁인다. 이소연이 직접적인 말하기 방식으로 밀고 들어갔다면 김미소의 방식은 낮은 읊조림이거나 가만히 들려주기나 낮게 하는 이야기 방식이겠다. 김미소의 물과 이소연의 물은 굳이 원형 상징을 들먹이지 않더라도 치유와 위로의 물이다. 이소연이 「철」에서 '철조망에 걸려 찢어진 뺨'으로 표현한 상처를 철조망 너머의 바다는 다시 아물게 하며, 물은 어루만진다. 「철」로 대변되는 상처를 바다는 품고 어루만지며 감싼다. 평생을 바다 그림만 그린 화가를 알고 있다. 원경이 아닌 근경으로 파도와 물거품과 너울과 소용돌이를 그리는 사람이다. 시시각각 변화하는 바다 빛깔과 갈매기 몇 마리와 칠흑 같은 바다를 그리는 사람이다. 다시 이야기하자면 이소연의 「철」에 등장하는 바다는 '철조망 너머에 있는 바다'다. "철을 바다 가까이 두는 게 더는 이상하지 않았다"고 마친 것은 상처 너머 어떤 위로와 치유에 대한 갈망이 아닐까 싶다. 김미소의 시에 등장하는 연못엔 아직 물이 들어차 있지 않다. 대신 연못을 파내러 온 일꾼들이 나온다. 잠시 우리에게 신처럼 다가왔던 어떤 신들의 다른 몸처럼 그들은 경건하게 엎드려 기도를 하고 있다. 물이 들어차기 전의 한순간을 김미소는 장식하지 않고 그대로 보여 준다. 그렇게 우리에게 잠시 다니러 온 신들을 우린 얼마나 알아챌 수 있을까. 그런 기미라도 알아챌 만한 여유가 있을까. 너무 복잡해지고 상처가 많아진 우리는 서로에게 생채기를 내면서 할퀴어대면서 울고 있는지 모르는데 김미소는 작은 신처럼 묻는다. 잠시 기도를 해도 되겠습니까? 물을 모으기 전의 진흙 구덩이에, 모인 사람들 사이에서 가는 줄기를 이뤄 들어차는 물처럼.

연못을 파내러 온 일꾼들이
서툰 몸짓으로 묻는다
잠시 기도를 해도 되겠습니까

파지를 깔고 엎드려 머리를 조아린다
자신의 나라를 위해 기도하는 것이라 한다
일꾼들이 가지런히 눕혀 둔 담배꽁초엔 고양이 그림,
담배 한 보루 사다 주니
놀라며 기도하듯 두 손을 모은다

178

어떤 신은 가지런히 누운 담배를 일으킨다

할 일을 다 했다는 듯이

먼지를 일으킨다

육체를 일으킨다

연꽃 같은 마음은

더러움에 물들지 않는다

진흙탕을 걸어 나간다

할 일을 다 했다는 듯이

연기처럼 사라진다

젖은 무릎을 털어 놓고
　　　　　　　　— 김미소 「기도를 해도 되겠습니까」 전문
　　　　　　　　　　　(시집 『가장 희미해진 사람』)

피재현과 김명기의 시

　김명기의 시에는 이즈음 시에선 사라진 사람들이 보
인다. 동시대를 처절히 살아가면서 상처받고 버려진 것
들, 그래서 안쓰러운 것에 대한 연민과 하염없는 바라봄
의 시들은 어머니로 몸을 바꾸기도 하고 유기동물로도

치환되어 우리의 공감을 불러일으킨다. 아무런 장식도 없이 밀고 들어가는 이 날것의 언어에는 도대체 거리낌이 없다. 삶의 희로애락과 편린들을 김명기의 시들은 가감 없이 보여 준다. 「목수」에 등장하는 늙은 목수의 마지막을 김명기는 어떤 여과 장치도 없이 직접적으로 드러내 보여 준다. 한 늙은 목수의 죽음을 입말로 옮긴 이런 살아 숨 쉬는 언어는 그가 아니면 할 수 없는 말이다. "못질할 때 말이어 첫 대가리만 때려 보면 알어/단박에 들어갈 놈인지 굽어져 뽑혀 나올 놈인지"라는 말에 이르기 위해 얼마나 많은 삶들이 박히지 못한 못처럼 쏟아져 내렸을까, 우리는 얼마나 많은 목숨들에게 빚진 사람들일까.

> 못 주머니를 찬 사람이 떨어졌다
> 낮달과 해 사이 그가 쳐대던 못처럼 박혔다
> 점심을 나와 함께 먹었던 사람
> 맞물리지 않은 비계에 발을 헛딛고
> 허공에서 바닥으로 느닷없이 떨어졌다
> 짧은 절명의 순간에도 살겠다고 몸부림쳤지만
> 안전모가 튕겨져 나가고 박히지 않은 못이 먼저 쏟아
졌다
> 세상 한 귀퉁이에서 이름 없이도 살아 보겠다고

낡은 안전화를 끌고 날마다 비계를 오르던

늙은 목수가 남긴 유산이라곤 허름한 못 주머니와

상처투성이인 안전모와 조악한 싸구려 안전화가 전부

였다

자기 전부를 걸고 일하는 사람은 마지막까지 필사적이다

사람들이 몰려들고 구급차가 달려올 때 마디 굵은 손

으로

바닥을 짚으며 일어서려던 사람이 끝내 숨을 거두고

현장은 서둘러 정리되었다 장국에 만 밥을

크게 한술 뜨며 했던 그의 말이 자꾸만 거슬렸다

못질할 때 말이여 첫 대가리만 때려 보면 알어

단박에 들어갈 놈인지 굽어져 뽑혀 나올 놈인지

낮달과 해 사이에 박혀 버린 그는 어떤 못이었을까

— 김명기 「목수」 전문

(시집 『돌아갈 곳 없는 사람처럼 서 있었다』)

피재현의 언어에는 유머가 묻어난다. 금방 캐낸 감자
에서 떨어져 내리거나 밭에서 마악 따온 열무를 다듬
을 때 묻어나는 싱싱한 흙 같은 말들이 피재현의 시에
선 툭툭 떨어진다. 그의 시들은 갓 잡아 올린 생선처럼
펄떡이고 숨을 쉰다. 생생한 말들의 성찬이다. 「엄마는
그때 어디 있었어」에 등장하는 '누가 나를 키웠나'라는

질문에 숲에서 부는 바람과 개울을 흐르는 물소리와 뒤에서 노래하는 새들과 그 모든 것들이 다 엄마라고 할수 있을지도 모른다. 그의 시들은 이제는 스러지고 있는 어머니에 대한 사모곡이면서, 작품 속에는 나를 키운 모든 것들에 대한 그리움과 애틋함이 유머러스하고도 가슴 절절하게 흐르고 있다. 이 같은 개인사가 우리의 마음을 흔드는 것은 그 안에 면면하게 인간의 보편적인 정서를 건들고 있기 때문 아닐까 싶다. 유머와 위트를 적당히 섞은 위 세대 어머니들이 요양원 침상 위에 누워서도 제 새끼 고생시킬까 봐 얼른 가야 하는데 가야 하는데 하면서 견디고 있는 지금이지만, 그래도 그분들이 조금 더 계셔 주면 좋겠다. 비록 마음대로 거동은 못 하시더라도 위 세대가 벗어지면 차츰차츰 우리가 그 앞으로 나가고 앞에 서게 된다.

할머니가 나를 키워 줬어
두 주 전에 할머니를 잃은 한 사람이 말했다

나는 누가 키웠나
자두나무 아래 상자를 놓고 올라서
붉은 자두를 향해 손을 뻗을 때
할머니는 내 손을 때렸지 엄마는 집에 없었지

나는 누가 이렇게 늙도록 키웠나

언 강에, 강물에, 바람에

지독하게 맵던 바람이라니

할머니는 봄바람이 귀찮다고 그만 죽어 버렸지

열아홉의 나는

봄바람처럼 울면서 국밥을 날랐지만

문상 온 친구들은 절도 잘 할 줄 몰랐어

죽음에 익숙하지 않은 친구들에게

나는 눈물을 훔치고

내일이 발인이야 우린 선산이 있어

제법 상례를 아는 체했지만

할머니가 나를 키워 주었어, 라고 말하지 않았어

문어를 더 달라는 친구를 힐끗 보았어

경멸과 연민의 짝짝이 눈으로

도대체 나는 누가 키웠나

키운 사람이 없으니 키가 자라지 않았나

엄마

엄마는 그때 어디 있었어?

　　　　　　　　— 피재현 「엄마는 그때 어디 있었어」 전문

　　　　　　　　　　　　　　(시집 『원더우먼 윤채선』)

걷는사람과 걷는 사람들

따지고 보면 우린 모두 걷는 사람이 아닌가. 영혼에 걸린 바늘을 삼키지도 못하고 뱉지도 못하는 존재들이 시인인 거 아닌가. 아픔을 견디면서 걸어가는 고독한 순례자처럼 우리는 간다. 지워져 가고 있는 발자국 위에 또 다른 발자국을 남기고 간다. 이 발자국도 언젠가는 지워지겠지만, 앞서긴 빌자국들이 끝나는 지점에서 어쩔 수 없이 우왕좌왕하겠지만 숙명인 듯 묵묵히 또 신발 끈을 고쳐 매고 우리는 일어서야 한다. 우리는 견뎌야만 살 수 있는 것처럼 마치 이전부터 견딤을 학습했던 것처럼 그렁그렁한 눈으로 울 것 같은 표정으로 견딘다. 입술을 악물고 우리는 간다. 우리가 꾸는 꿈이 비록 상처가 있거나 피가 묻었더라도 우리는 걷고 또 걸을 것이다. 시류에 굴하지 않고 자신만의 세계를 견고히 해 가는 좋은 시인들과 시를 재발굴하여 독자들과 보다 가까이에서 소통하고자 함은 '걷는사람'의 모토다. 100호 기념 시집을 내며 다시 한 번 이 말을 새기고 처음 비롯된 발원지의 물을 생각한다. 그 아무것도 아니었던 물줄기 하나가 마을을 만들고 길과 사람 사는 마을을 만들고 도시를 만들었듯 처음의 마음을 세워 나가서 도랑과 실개천과 시냇물을 품고 흘러 한국시의 도저하고 장대

한 큰 강물로 흘러 바다에 닿으리라 믿는다. 100호 시인선에 발문을 보태며 일일이 언급하진 못했지만 모두 속에 견고한 봉우리 하나를 지닌 시인들이고 큰 물줄기를 품고 있는 시인들인 것을 안다. 100호 시인선에서 일일이 한 분 한 분 호명하지 못함을 아쉽게 생각한다. 백百은 백白과 통한다. 언제나 채워지지 못할 단 한 획의 무언가를 찾아 외롭고 상처 많은 시인들이여, 고독한 순례자들이여, 묵묵히 걷고 또 걸어갈 사람들이여, 꿋꿋하고 담대하라.

작품 수록 시집

김해자—백수도 참 할 일이 많다(『해자네 점집』)

송주성—막북에 가서(『나의 하염없는 바깥』)

송진권—소 꿈(『거기 그런 사람이 살았다고』)

현택훈—지구에서 십 넌 살아 보니(『난 아무 곳에도 가지 않아요』)

이정섭—개나리가 묻다(『유령들의 저녁 식사』)

최치언—발소리(『북에서 온 긴 코털의 사내』)

박서영—흰 것들이 녹는 시간(『착한 사람이 된다는 건 무섭다』)

김성장—수도꼭지 교체사(『눈물은 한때 우리가 바다에 살았
　　　　다는 흔적』)

김신용—마른 꽃(『비는 사람의 몸속에도 내려』)

유용주—벌레(『어머이도 저렇게 울었을 것이다』)

고증식—초식동물(『얼떨결에』)

박남희—빵은 괴롭다(『아득한 사랑의 거리였을까』)

김은지—고구마(『고구마와 고마워는 두 글자나 같네』)

길상호—저물녘(『오늘의 이야기는 끝이 났어요 내일 이야기는
　　　　내일 하기로 해요』)

이장근—낙법(『당신은 마술을 보여달라고 한다』)

권지현—피닉스(『작은 발』)

정덕재―계면활성제(『간밤에 나는 악인이었는지 모른다』)

박진이―바래다 줄게(『신발을 멀리 던지면 누구나 길을 잃겠지』)

황형철―뒤(『사이도 좋게 딱』)

이소연―공책(『나는 천천히 죽어갈 소녀가 필요하다』)

이용임―그대여 고독한 골목에(『시는 휴일도 없이』)

배교윤―안개의 시간(『일몰에 기대다』)

김대호―고인(『우리에겐 아직 설명이 필요하지』)

이진희―베를린(『페이크』)

김개미―뱀이 되려 했어(『악마는 어디서 게으름을 피우는가』)

이돈형―기일(『뒤돌아보는 사람은 모두 지나온 사람』)

안상학―몽골에서 쓰는 편지(『남아 있는 날들은 모두가 내일』)

희　음―서 있는 사람(『치마들은 마주 본다 들추지 않고』)

김호균―소금쟁이(『물 밖에서 물을 가지고 놀았다』)

김점용―햇볕의 구멍(『나 혼자 남아 먼 사랑을 하였네』)

피재현―원더우먼 윤채선(『원더우먼 윤채선』)

손남숙―시(『새는 왜 내 입안에 집을 짓는 걸까』)

김영미―하늘로 걸어가는 나무(『기린처럼 걷는 저녁』)

정이경―커튼콜(『비는 왜 음악이 되지 못하는 걸까』)

홍경희—섬의 비망록(『봄날이 어랑어랑 오기는 하나요』)

이기영—살아 있는, 유령들(『나는 어제처럼 말하고 너는 내일
　　　　처럼 묻지』)

백애송—아름다울 수 있을까요(『우린 어쩌다 어딘가에서 마
　　　　주치더라도』)

손　음—새(『누가 밤의 머릿결을 빗질하고 있나』)

윤석정—얼굴의 노래(『누가 우리의 안부를 묻지 않아도』)

손병걸—나무숟가락(『나는 한 점의 궁극을 딛고 산다』)

박주하—밤 택시(『없는 꿈을 꾸지 않으려고』)

고태관—소실점(『네가 빌었던 소원이 나였으면』)

손진은—오늘 내게 제일 힘든 일은(『그 눈들을 밤의 창이라 부
　　　　른다』)

임수현—파도의 기분(『아는 낱말의 수만큼 밤이 되겠지』)

임곤택—데리러 온다는 말(『죄 없이 다음 없이』)

이지호—스물다섯 비망록(『색색의 알약들을 저울에 올려놓고』)

정수자—파도의 일과(『파도의 일과』)

김안녕—뼈 심부름(『사랑의 근력』)

신영순—민박(『천국에 없는 꽃』)

이병철—몽유도원(『사랑이라는 신을 계속 믿을 수 있게』)

장시우—검은 개와 눈이 마주친 순간(『이제 우산이 필요할 것
          같아』)

오선덕—폐역, 수레국화 옆에서(『만약에라는 말』)

오광석—스팸의 하루(『이상한 나라의 샐러리』)

김명기—목련꽃 필 때의 일(『돌아갈 곳 없는 사람처럼 서 있었다』)

김애리샤—치마의 원주율(『치마의 원주율』)

박소영—호수 경전(『둥근 것들의 반란』)

송　진—요한의원(『방금 육체를 마친 사람처럼』)

문　신—시 읽는 눈이 별빛처럼 빛나기를(『죄를 짓고 싶은 저녁』)

하상만—잔(『추워서 너희를 불렀다』)

편무석—통영(『나무의 귓속말이 떨어져 새들의 식사가 되었다』)

이명선—가족력(『다 끝난 것처럼 말하는 버릇』)

김백형—마카롱(『귤』)

신준영—아무것도 모르는 것처럼(『나는 불이었고 한숨이었다』)

홍관희—드들강 1(『사랑 1그램』)

김학중—판(『바닥의 소리로 여기까지』)

이종수—낙안댁(『빗소리 듣기 모임』)

정정화―고양이였다고 할 수는 없다(『알바니아 의자』)

박남준―절(『어린 왕자로부터 새드 무비』)

이주송―비를 틀어 놓고(『식물성 피』)

이영옥―터널(『하루는 죽고 하루는 깨어난다』)

전윤호―반달(『밤은 깊고 바다로 가는 길은』)

원보람―우리가 모여서 우리들(『라이터 불에 서로의 영혼을
            그을리며』)

김미소―가장 희미해진 사람(『가장 희미해진 사람』)

정용기―두절 가자미(『주점 타클라마칸』)

고선주―마감 시간(『그늘마저 나간 집으로 갔다』)

서 하―풍경(『외등은 외로워서 환할까』)

한경숙―벌레(『나는 다른 행성에 있다』)

최명진―마스크팩의 여유(『슬픔의 불을 꺼야 하네』)

하기정―뒤로 나아가는(『고양이와 걷자』)

박래빗―그대의 앉은 자리에 내가 앉아 있고(『펭귄과의 사랑』)

이경교―좁교가 간다(『나는 죽은 사람이다』)

안지은―머그샷(『앙팡 테리블』)

정동철―엄마는 꽃등을 달고(『모롱지 설화』)

조명희—가파도(『언니, 우리 통영 가요』)

이영종—꽃멸치(『오늘의 눈사람이 반짝였다』)

권상진—홈이라는 집(『노을 쪽에서 온 사람』)

오성인—아버지는 뭐 하시니(『이 차는 어디로 갑니까』)

이호석—신년 계획(『여름에게 부친 여름』)

윤 선—추격(『별들의 구릉 어디쯤 낙타는 나를 기다리고』)

강나무—광안리 1(『긴 문장을 읽고 나니 아흔 살이 됐어요』)

김남극—소낙비와 사과꽃과 옥수수 대궁(『이별은 그늘처럼』)

고찬규—허공은 힘이 세다(『꽃은 피어서 말하고 잎은 지면서
        말한다』)

박형권—아궁이였음 좋겠네(『내 눈꺼풀에 소복한 먼지 쌓이리』)

김창균—미역 한 타래(『슬픈 노래를 거둬 갔으면』)

김경윤—고양이를 기다리는 저녁(『무덤가에 술패랭이만 붉었네』)

안성덕—개밥바라기(『깜깜』)

함기석—섰(『모든 꽃은 예언이다』)

휘 민—견인(『중력을 달래는 사람』)

시 읽는 일이 봄날의 자랑이 될 때까지

2025년 1월 31일 1판 1쇄 펴냄

지은이 김해자 외

펴낸이 김성규

편집   김안녕 조혜주 한도연

디자인 신혜연

펴낸곳 걷는사람

주소   경기도 용인시 기흥구 동백중앙로 358-6, 7층 (본사)

        서울 마포구 월드컵로16길 51 서교자이빌 304호 (지사)

전화   031 281 2602 / 02 323 2602

팩스   02 323 2603

등록   2016년 11월 18일 제25100-2016-000083호

ISBN 979-11-93412-86-2 04810

ISBN 979-11-89128-01-2 (세트)